长生殿

[清] 洪昇 著

☯ 中国友谊出版公司

图书在版编目（CIP）数据

长生殿 /（清）洪昇著. -- 北京：中国友谊出版公司，2025.4. -- ISBN 978-7-5057-6019-6

Ⅰ. I237.2

中国国家版本馆CIP数据核字第2024ZA3781号

书名	长生殿
作者	[清]洪昇
出版	中国友谊出版公司
发行	中国友谊出版公司
经销	新华书店
印刷	北京中科印刷有限公司
规格	787毫米×1092毫米　32开
	8.5印张　160千字
版次	2025年4月第1版
印次	2025年4月第1次印刷
书号	ISBN 978-7-5057-6019-6
定价	68.00元
地址	北京市朝阳区西坝河南里17号楼
邮编	100028
电话	(010) 64678009

如发现图书质量问题，可联系电话调换。质量投诉电话：(010)59799930-601

愿此生终老温柔，白云不羡仙乡。

目 录

自　　序	/ 001
例　　言	/ 003
第一出　传概	/ 006
第二出　定情	/ 009
第三出　贿权	/ 015
第四出　春睡	/ 019
第五出　禊游	/ 024
第六出　傍讶	/ 031
第七出　幸恩	/ 034
第八出　献发	/ 039
第九出　复召	/ 045
第十出　疑谶	/ 050

第 十 一 出	闻 乐	/056
第 十 二 出	制 谱	/062
第 十 三 出	权 哄	/067
第 十 四 出	偷 曲	/071
第 十 五 出	进 果	/077
第 十 六 出	舞 盘	/082
第 十 七 出	合 围	/088
第 十 八 出	夜 怨	/092
第 十 九 出	絮 阁	/096
第 二 十 出	侦 报	/103
第二十一出	窥 浴	/107
第二十二出	密 誓	/112
第二十三出	陷 关	/119
第二十四出	惊 变	/122
第二十五出	埋 玉	/128

第二十六出　献　饭　/135

第二十七出　冥　追　/140

第二十八出　骂　贼　/145

第二十九出　闻　铃　/150

第三十出　情　悔　/154

第三十一出　剿　寇　/158

第三十二出　哭　像　/161

第三十三出　神　诉　/169

第三十四出　刺　逆　/174

第三十五出　收　京　/178

第三十六出　看　袜　/183

第三十七出　尸　解　/188

第三十八出　弹　词　/195

第三十九出　私　祭　/204

第四十出　仙　忆　/209

第四十一出　见　月　/ 212

第四十二出　驿　备　/ 216

第四十三出　改　葬　/ 219

第四十四出　怂　合　/ 223

第四十五出　雨　梦　/ 227

第四十六出　觅　魂　/ 232

第四十七出　补　恨　/ 242

第四十八出　寄　情　/ 246

第四十九出　得　信　/ 250

第五十出　重　圆　/ 253

自　序

余览白乐天《长恨歌》及元人《秋雨梧桐》剧，辄作数日恶。南曲《惊鸿》一记，未免涉秽。从来传奇家非言情之文，不能擅场；而近乃子虚乌有，动写情词赠答，数见不鲜，兼乖典则。因断章取义，借天宝遗事，缀成此剧。凡史家秽语，概削不书。非曰匿暇，亦要诸诗人忠厚之旨云尔。然而乐极哀来，垂戒来世，意即寓焉。且古今来逞侈心而穷人欲，祸败随之，未有不悔者也。玉环倾国，卒至殒身。死而有知，情悔何极。苟非怨艾之深，尚何证仙之与有。孔子删《书》而录《秦誓》，嘉其败而能悔，殆若是欤？第曲终难于奏雅，稍借月宫足成之。要之广寒听曲之时，即游仙上升之日。双星作合，生忉利天，情缘总归虚幻。清夜闻钟，夫亦可以蘧然梦觉矣。

    康熙己未仲秋稗畦洪昇题于孤屿草堂

例　言

忆与严十定隅坐皋园,谈及开元、天宝间事,偶感李白之遇,作《沉香亭》传奇。寻客燕台,亡友毛玉斯谓排场近熟,因去李白,入李泌辅肃宗中兴,更名《舞霓裳》,优伶皆久习之。后又念情之所钟,在帝王家罕有。马嵬之变,已违夙愿,而唐人有玉妃归蓬莱仙院、明皇游月宫之说。因合用之,专写钗盒情缘,以《长生殿》题名,诸同人颇赏之。乐人请是本演习,遂传于时。盖经十余年，三易稿而始成，余可谓乐此不疲矣。

史载杨妃多污乱事。余撰此剧，止按白居易《长恨歌》、陈鸿《长恨歌传》为之。而中间点染处，多采《天宝遗事》《杨妃全传》。若一涉秽迹，恐妨风教，绝不阑入，览者有以知余之志也。今载《长恨歌、传》，以表所由，其杨妃本传、外传及《天宝遗事》诸书，既不便删削，故概置不录焉。棠村相国尝称余是剧乃一部闹热《牡丹亭》也，世以为知言。余自惟文采不逮临川，而恪守韵调，罔敢稍有逾越。盖姑苏徐灵昭氏为今之周郎，尝论撰《九宫新谱》，余与之审音协律，无一字不慎也。

曩作《闹高唐》《孝节坊》诸剧，皆友人吴子舒凫为余评点。今《长生殿》行世，伶人苦于繁长难演，竟为伧辈妄加节改，关目都废。吴子愤之，效《墨憨十四种》，更定二十八折，而以虢国、梅妃别为饶戏两剧，确当不易。且全本得其论文，发余意所涵蕴者实多。分两日唱演殊快。取简便，当觅吴本教习，勿为伧误可耳。

是书义取崇雅,情在写真。近唱演家改换有必不可从者,如增虢国承宠、杨妃忿争一段,作三家村妇丑态,既失蕴藉,尤不耐观。其《哭像》折,以哭题名,如礼之凶奠,非吉祭也。今满场皆用红衣,则情事乖违,不但明皇钟情不能写出,而阿监、宫娥泣涕皆不称矣。至于《舞盘》及末折演舞,原名《霓裳羽衣》,只须白袄红裙,便自当行本色。细绎曲中舞节,当一二自具。今有贵妃舞盘学浣纱舞,而末折仙女或舞灯、舞汗巾者,俱属荒唐,全无是处。

　　　　　　　　　　　　洪昇昉思父识

第一出　传　概

【南吕引子】【满江红】(末上)今古情场,问谁个真心到底?但果有精诚不散,终成连理。万里何愁南共北,两心那论生和死。笑人间儿女怅缘悭,无情耳。感金石,回天地。昭白日,垂青史。看臣忠子孝,总由情至。先圣不曾删《郑》《卫》,吾侪取义翻宫、徵。借《太真外传》谱新词,情而已。

【中吕慢词】【沁园春】天宝明皇,玉环妃子,宿缘正当。自华清赐浴,初承恩泽。长生乞巧,永订盟香。妙舞新成,清歌未了,鼙鼓喧阗起范阳。马嵬驿、六军不发,断送红妆。西川巡幸堪伤,奈地下人间两渺茫。幸游魂悔罪,已登仙籍。回銮改葬,只剩香囊。证合天孙,情传羽客,钿盒金钗重寄将。月宫会、霓裳遗事,流播词场。

第一出 传概 007

唐明皇欢好霓裳宴，
杨贵妃魂断渔阳变。
鸿都客引会广寒宫，
织女星盟证长生殿。

第二出　定　情

【大石引子】【东风第一枝】(生扮唐明皇引二内侍上)端冕中天,垂衣南面,山河一统皇唐。层霄雨露回春,深宫草木齐芳。升平早奏,韶华好,行乐何妨。愿此生终老温柔,白云不羡仙乡。

韶华入禁闱,宫树发春晖。天喜时相合,人和事不违。《九歌》扬政要,《六舞》散朝衣。别赏阳台乐,前旬暮雨飞。朕乃大唐天宝皇帝是也。起自潜邸,入缵皇图。任人不二,委姚、宋于朝堂;从谏如流,列张、韩于省闼。且喜塞外风清万里,民间粟贱三钱。真个太平致治,庶几贞观之年;刑措成风,不减汉文之世。近来机务余闲,寄情声色。昨见宫女杨玉环,德性温和,丰姿秀丽。卜兹吉日,册为贵妃。已曾传旨,在华清池赐浴,命永新、念奴伏侍更衣,即着高力士引来朝见,想必就到也。

【玉楼春】（丑扮高力士，二宫女执扇引，旦扮杨贵妃上）恩波自喜从天降，浴罢妆成趋彩仗。（宫女）六宫未见一时愁，齐立金阶偷眼望。

（到介）（丑进见生跪介）奴婢高力士见驾。册封贵妃杨氏，已到殿门。候旨。（生）宣进来。（丑出介）万岁爷有旨，宣贵妃杨娘娘上殿。（旦进拜介）臣妾贵妃杨玉环见驾，愿吾皇万岁！（内侍）平身。（旦）臣妾寒门陋质，充选掖庭，忽闻宠命之加，不胜陨越之惧。（生）妃子世胄名家，德容兼备。取供内职，深惬朕心。（旦）万岁。（丑）平身。（旦起介）（生）传旨排宴。（丑传介）（内奏乐介）（旦送生酒介，宫女送旦酒介）（生正坐，旦傍坐介）

【大石过曲】【念奴娇序】（生）寰区万里，遍征求窈窕，谁堪领袖嫔嫱？佳丽今朝、天付与，端的绝世无双。思想，擅宠瑶宫，褒封玉册，三千粉黛总甘让。（合）惟愿取，恩情美满，地久天长。

【前腔】【换头】（旦）蒙奖。沉吟半晌，怕庸姿下体，不堪陪从椒房。受宠承恩，一霎里身判人间天上。须仿、冯嫟当熊，班姬辞辇，永持彤管侍君傍。（合）惟愿取，恩情美满，地久天长。

【前腔】【换头】（宫女）欢赏，借问从此宫中，阿谁第一？似赵家飞燕在昭阳，宠爱处，应是一身承当。休让，金屋妆成，玉楼歌彻，千秋万岁捧霞觞。（合）惟愿取，恩情美满，地久天长。

【前腔】【换头】（内侍）瞻仰，日绕龙鳞，云移雉尾，天颜有喜对新妆。频进酒，合殿春风飘香。堪赏，圆月摇金，余霞散绮，五云多处易昏黄。（合）惟愿取，恩情美满，地久天长。

（丑）月上了。启万岁爷撤宴。（生）朕与妃子同步阶前，玩月一回。（内作乐，生携旦前立，众退后齐立介）

【中吕过曲】【古轮台】（生）下金堂，笼灯就月细端相，庭花不及娇模样。轻偎低傍，这鬓影衣光，掩映出丰姿千状。（低笑向旦介）此夕欢娱，风清月朗，笑他梦雨暗高唐。（旦）追游宴赏，幸从今得侍君王。瑶阶小立，春生天语，香萦仙仗，玉露冷沾裳。还凝望，重重金殿宿鸳鸯。

（生）掌灯往西宫去。（丑应介）（二内侍、二宫女各执灯引生、旦行介）

【前腔】【换头】（合）辉煌，簇拥银烛影千行。回看处珠箔斜开，银河微亮。复道回廊，到处有香尘飘扬。夜色如何？月高仙掌。今宵占断好风光，红遮翠障，锦云中一对鸾凰。《琼花玉树》《春江夜月》，声声齐唱，月影过宫墙。褰罗幌，好扶残醉入兰房。

（丑）启万岁爷，到西宫了。（生）内侍回避。（丑）春风开紫殿，（内侍）天乐下珠楼。（同下）

【余文】（生）花摇烛，月映窗，把良夜欢情细讲。（合）莫问他别院离宫玉漏长。

（宫女与生、旦更衣，暗下，生、旦坐介，生）银烛回光散绮罗，（旦）御香深处奉恩多。（生）六宫此夜含颦望，（合）明日争传《得宝歌》。（生）朕与妃子偕老之盟，今夕伊始。（袖出钗、盒介）特携得金钗、钿盒在此，与卿定情。

【越调近词】【绵搭絮】（生）这金钗、钿盒，百宝翠花攒。我紧护怀中，珍重奇擎有万般。今夜把这钗呵，与你助云盘，斜插双鸾；这盒呵，早晚深藏锦袖，密裹香纨。愿似他并翅交飞，牢扣同心结合欢。（付旦介）（旦接钗、盒谢介）

【前腔】【换头】谢金钗钿盒赐予奉君欢。只恐寒姿,消不得天家雨露团。(作背看介)恰偷观,凤翥龙蟠,爱杀这双头旖旎,两扇团圞。惟愿取情似坚金,钗不单分盒永完。

(生)胧明春月照花枝, 元　稹
(旦)始是新承恩泽时。 白居易
(生)长倚玉人心自醉, 雍　陶
(合)年年岁岁乐于斯。 赵彦昭

第三出　赂权

【正宫引子】【破阵子】（净扮安禄山箭衣、毡帽上）失意空悲头角，伤心更陷罗罝。异志十分难屈伏，悍气千寻怎蔽遮？权时宁耐些。

腹垂过膝力千钧，足智多谋胆绝伦。谁道孽龙甘蠖屈，翻江搅海便惊人。自家安禄山，营州柳城人也。俺母亲阿史德，求子轧荦山中，归家生俺，因名禄山。那时光满帐房，鸟兽尽都鸣窜。后随母改嫁安延偃，遂冒姓安氏。在节度使张守珪帐下投军。他道我生有异相，养为义子。授我讨击之职，去征讨奚契丹。一时恃勇轻进，杀得大败逃回。幸得张节度宽恩不杀，解京请旨。昨日到京，吉凶未保。且喜有个结义兄弟，唤作张千，原是杨丞相府中干办。昨已买嘱解官，暂时松放。寻他通个关节，把礼物收去了。着我今日到彼候复。不免前去走遭。（行介）咳，俺安禄山，也是个好汉，难道便这般结果了么？想起来好恨也！

【正宫过曲】【锦缠道】莽龙蛇,本待将河翻海决,翻做了失水瓮中鳖,恨樊笼霎时困了豪杰。早知道失军机要遭斧钺,倒不如丧沙场免受缧绁,蓦地里脚双跌。全凭仗金投暮夜,把一身离阱穴。算有意天生吾也,不争待半路枉摧折。

来此已是相府门首,且待张兄弟出来。(丑扮张千上)君王舅子三公位,宰相家人七品官。(见介)安大哥来了。丞相爷已将礼物全收,着你进府相见。(净揖介)多谢兄弟周旋。(丑)丞相爷尚未出堂,且到班房少待。全凭内阁调元手,(净)救取边关失利人。(同下)

【仙吕引子】【鹊桥仙】(副净扮杨国忠引袛从上)荣夸帝里,恩连戚畹,兄妹都承天眷。中书独坐揽朝权,看炙手威风赫烜。

国政归吾掌握中,三台八座极尊崇。退朝日晏归私第,无数官僚拜下风。下官杨国忠,乃西宫贵妃之兄也。官居右相,秩晋司空。分日月之光华,掌风雷之号令。(冷笑介)穷奢极欲,无非行乐及时;纳贿招权,真个回天有力。左右回避。(从应下)(副净)适才张千禀说,有个边将安禄山,为因临阵失机,解京正法。特献礼物到府,要求免死发落。我想胜败乃兵家常事,临阵偶然失利,情有可原。(笑介)就将他免死,也是为朝廷爱惜人才。已曾分付令他进见,再作道理。(丑暗上见介)张千禀事:安禄山在外伺候。(副净)着他进来。(丑)领钧旨。(虚下,引净青衣、小帽上)(丑)这里来。(净膝行进见介)犯弁安禄山,叩见丞相爷。(副净)起来。(净)犯弁是应死囚徒,理当跪禀。(副净)你的来意,张千已讲过了。且把犯罪情由,细说一番。(净)丞相爷听禀:犯弁遵奉军令,去征讨奚契丹呵,(副净)起来讲。(净起介)

[仙吕过曲][解三酲]恃勇锐,冲锋出战,指征途所向无前。不堤防番兵夜来围合转,临白刃,剩空拳。(副净)后来怎生得脱?(净)那时犯弁杀条血路,奔出重围。单枪匹马身幸免,只指望鉴录微功折罪愆。谁想今日呵,当刑宪!(叩首介)望高抬贵手,曲赐矜怜。

[前腔][换头](副净起介)论失律丧师关巨典,我虽总朝纲敢擅专?况刑书已定难更变,恐无力可回天。(净跪哭介)丞相爷若肯救援,犯弁就得生了。(副净笑介)便道我言从计听微有权,这就里机关不易言。(净叩头介)全仗丞相爷做主!(副净)也罢。待我明日进朝,相机而行便了。乘其便,便好开罗撤网,保汝生全。

(净叩头介)蒙丞相爷大恩,容犯弁犬马图报。就此告辞。(副净）张千引他出去。（丑应，同净出介）眼望捷旌旗，耳听好消息。（同下）（副净想介）我想安禄山乃边方末弁，从未著有劳绩，今日犯了死罪，我若特地救他，必动圣上之疑。（笑介）哦，有了。前日张节度疏内，曾说他通晓六番言语，精熟诸般武艺，可当边将之任。我就授意兵部，以此为辞，奏请圣上，召他御前试验。于中乘机取旨，却不是好。

专权意气本豪雄，卢照邻
万态千端一瞬中。吴　融
多积黄金买刑戮，李咸用
不妨私荐也成公。杜荀鹤

第四出　春　睡

【越调引子】【祝英台近】（旦引老旦扮永新、贴旦扮念奴上）梦回初，春透了，人倦懒梳裹。欲傍妆台，羞被粉脂涴。（老旦、贴）趁他迟日房栊，好风帘幕，且消受熏香闲坐。

永新、念奴叩头。（旦）起来。【海棠春】流莺窗外啼声巧，睡未足，把人惊觉。（老旦）翠被晓寒轻，（贴）宝篆沉烟袅。（旦）宿酲未醒宫娥报，（老旦、贴）道别院笙歌会早。（旦）试问海棠花，（合）昨夜开多少？（旦）奴家杨氏，弘农人也。父亲元琰，官为蜀中司户。早失怙恃，养在叔父之家。生有玉环，在于左臂，上隐"太真"二字。因名玉环，小字太真。性格温柔，姿容艳丽。漫揩罗袂，泪滴红冰；薄试霞绡，汗流香玉。荷蒙圣眷，拔自宫嫔。位列贵妃，礼同皇后。有兄国忠，拜为右相，三姊尽封夫人，一门荣宠极矣。昨宵侍寝西宫，（低介）未免云娇雨怯。今日晌午时分，才得起来。（老旦、贴）镜奁齐备，请娘娘理妆。（旦行介）绮疏晓日珠帘映，红粉春妆宝镜催。

【越调过曲】【祝英台】（坐对镜介）把鬓轻撩,鬟细整,临镜眼频睃。（老旦）请娘娘贴上这花钿。（旦）贴了翠钿,（贴）再点上这胭脂。（旦）注了红脂,（老旦）请娘娘画眉。（旦画眉介）着意再描双蛾。（旦立起介）延俄,慢支持杨柳腰身,（贴）呀,娘娘花儿也忘戴了。（代旦插花介）好添上樱桃花朵。（老旦、贴作看旦介）看了这粉容嫩,只怕风儿弹破。（老旦、贴）请娘娘更衣。（与旦更衣介）

【前腔】【换头】飘堕、麝兰香,金绣影,更了杏衫罗。（旦步介）（老旦、贴看介）你看小颤步摇,轻荡湘裙。（旦兜鞋介）低蹑半弯凌波,停妥。（旦顾影介）（老旦、贴）袅临风,百种娇娆。（旦回身临镜介）（老旦、贴）还对镜千般婀娜。（旦作倦态,欠伸介）（老旦、贴扶介）娘娘,恹恹,何妨重就衾窝。

（旦）也罢,身子困倦,且自略睡片时。永新、念奴,与我放下帐儿。正是:无端春色熏人困,才起梳头又欲眠。（睡介）（老旦、贴放帐介）（老旦）万岁爷此时不进宫来,敢是到梅娘娘那边么？（贴）姐姐,你还不知道,梅娘娘已迁置上阳楼东了！（老旦）哦,有这等事！（贴）永新姐姐,这几日万岁爷专爱杨娘娘,不时来往西宫,连内侍也不教随驾了。我与你须要小心伺候。

【前腔】【换头】（生行上）欣可，后宫新得娇娃，一日几摩挲！（生作进，老旦、贴见介）万岁爷驾到。娘娘刚才睡哩。（生）不要惊他。（作揭帐介）试把绡帐慢开，龙脑微闻，一片美人香和。（瞧科）爱他，红玉一团，压着鸳衾侧卧。（老旦、贴背介）这温存怎不占了风流高座！

【前腔】【换头】（旦作惊醒低问介）谁个？蓦然揭起鸳帏，星眼倦还揉。（作坐起摩眼撩鬓介）（生）早则浅淡粉容，消褪唇朱，掠削鬓儿欹斜。（老旦、贴作扶旦起，旦作开眼复闭立起又坐倒介）（生）怜他，侍儿扶起腰肢，娇怯怯难存难坐。（老旦、贴扶旦坐介）（生扶住介）恁朦腾，且索消详停和。

（旦）万岁！（生）春昼晴和，正好及时游赏，为何当午睡眠？（旦低介）夜来承宠，雨露恩浓，不觉花枝力弱。强起梳头，却又朦胧睡去。因此失迎圣驾。（生笑介）这等说，倒是寡人唐突了。（旦娇羞不语介）（生）妃子，看你神思困倦，且同到前殿去，消遣片时。（旦）领旨。（生、旦同行，老旦、贴随行介）（生）落日留王母，（旦）微风倚少儿。（老旦、贴合）宫中行乐秘，少有外人知。（生、旦转坐介）（丑上）昼漏稀闻高阁报，天颜有喜近臣知。启万岁爷：国舅杨丞相，遵旨试验安禄山，在宫门外回奏。（生）宣奏来。（丑宣介）杨丞相有宣。（副净上）天下表章经院过，宫中笑语隔墙闻。

022　长生殿

（拜见介）臣杨国忠见驾。愿吾皇万岁，娘娘千岁！（丑）平身。（副净）臣启陛下：蒙委试验安禄山，果系人才壮健，弓马熟娴，特此复旨。（生）朕昨见张守珪奏称：禄山通晓六番言语，精熟诸般武艺，可当边将之任。今失机当斩，是以委卿验之。既然所奏不诬，卿可传旨禄山，赦其前罪。明日早朝引见，授职在京，以观后效。（副净）领旨。（下）（丑）启万岁爷：沉香亭牡丹盛开，请万岁爷同娘娘赏玩。（生）今日对妃子，赏名花。高力士，可宣翰林李白，到沉香亭上，立草新词供奉。（丑）领旨。（下）（生）妃子，和你赏花去来。

（生）倚槛繁花带露开，　罗　虬
（旦）相将游戏绕池台。　孟浩然
（生）新歌一曲令人艳，　万　楚
（合）只待相如奉诏来。　李商隐

第五出　禊　游

【双调引子】【贺圣朝】（丑上）崇班内殿称尊，天颜亲奉朝昏。金貂玉带蟒袍新，出入荷殊恩。

咱家高力士是也，官拜骠骑将军。职掌六宫之中，权压百僚之上。迎机导窾，摸揣圣情；曲意小心，荷承天宠。今乃三月三日，万岁爷与贵妃娘娘游幸曲江，命咱召杨丞相并秦、韩、虢三国夫人，一同随驾。不免前去传旨与他。传声报戚里，今日幸长杨。（下）

【前腔】（净冠带引从上）一从请托权门，天家雨露重新。累臣今喜作亲臣，壮怀会当伸。

俺安禄山，自蒙圣恩复官之后，十分宠眷。所喜俺生的一个大肚皮，直垂过膝。一日圣上见了，笑问此中何有？俺就对说，惟有一片赤心。天颜大喜，自此愈加亲信，许俺不日封王。岂不是非常之遇！左右回避。（从应下）（净）今乃三月三日，皇上与贵妃游幸曲江。三国夫人随驾。倾城士女，无不往观。俺不免换了便服，单骑前往，游玩一番。（作更衣、上马介介）出得门来，你看香尘满路，车马如云，好不热闹也。正是：当路游丝萦醉客，隔花啼鸟唤行人。（下）（副净、外扮王孙，末、小生扮公子，各丽服同行上）（合）

【仙吕入双调过曲】【夜行船序】春色撩人，爱花风如扇，柳烟成阵。行过处，辨不出紫陌红尘。（见介）请了。（副净、外）今日修禊之辰，我每同往曲江游玩。（末、小生）便是，那边簇拥着一队车儿，敢是三国夫人来了。我每快些前去。（行介）纷纭，绣幕雕轩，珠绕翠围，争妍夺俊。氤氲，兰麝逐风来，衣彩珮光遥认。（同下）

（老旦绣衣扮韩国夫人，贴白衣扮虢国夫人，杂绯衣扮秦国夫人，引院子、梅香各乘车行上）（合）

【前腔】【换头】安顿，罗绮如云，斗妖娆，各逞黛娥蝉鬓。蒙天宠，特敕共探江春。（老旦）奴家韩国夫人，（贴）奴家虢国夫人，（杂）奴家秦国夫人，（合）奉旨召游曲江。院子把车儿趱行前去。（院）晓得。（行介）（合）朱轮，碾破芳堤，遗珥坠簪，落花相衬。荣分，戚里从宸游，几队宫妆前进。（同下）

026 长生殿

【黑蟆序】【换头】（净策马上，目视三国下介）妙啊，回瞬，绝代丰神，猛令咱一见，半晌销魂。恨车中马上，杳难亲近。俺安禄山，前往曲江，恰好遇着三国夫人，一个个天姿国色。唉，唐天子，唐天子！你有了一位贵妃，又添上这几个阿姨，好不风流也！评论，群花归一人，方知天子尊。且赶上前去，饱看一回。望前尘，馋眼迷奚，不免挥策频频。

（作鞭马前奔，杂扮从人上拦介）咄，丞相爷在此，什么人这等乱撞！（副净骑马上）为何喧嚷？（净、副净作打照面，净回马急下）（从）小的方才见一人，骑马乱撞过来，向前拦阻。（副净笑介）那去的是安禄山。怎么见了下官，就疾忙躲避了。（作沉吟介）三位夫人的车儿在那里？（从）就在前面。（副净）呀，安禄山那厮怎敢这般无礼！

【前腔】【换头】堪恨，藐视皇亲，傍香车行处，无礼厮混。陡冲冠怒起，心下难忍。叫左右，紧紧跟随着车儿行走，把闲人打开。（众应行介）（副净）忙奔，把金鞭辟路尘，将雕鞍逐画轮。（合）语行人，慎莫来前，怕惹丞相生嗔。（同下）

【锦衣香】（净扮村妇，丑扮丑女，老旦扮卖花娘子，小生扮舍人行上）（合）妆扮新，添淹润；身段村，乔丰韵，更堪怜芳草沾裾，野花堆鬓。（见介）（净）列位都是去游曲江的么？（众）正是。今日皇帝、娘娘,都在那里,我每同去看一看。(丑)听得皇帝把娘娘爱的似宝贝一般,不知比奴家容貌如何?(老旦笑介)(小生作看丑介)(丑)你怎么只管看我?(小生)我看大姐的脸上,倒有几件宝贝。(净)什么宝贝?(小生)你看眼嵌猫睛石,额雕玛瑙纹,蜜蜡装牙齿,珊瑚镶嘴唇。(净笑介)(丑将扇打小生介)小油嘴,偏你没有宝贝。(小生)你说来。(丑)你后庭像银矿,捱过几多人!(净笑介)休得取笑。闻得三国夫人的车儿过去,一路上有东西遗下,我每赶上寻看。(丑)如此快走。(行介)(丑作娇态与小生诨介)(合)**和风徐起荡晴云,钿车一过,草木皆春。**(小生)且在这草里寻一寻,可有什么?(老旦)我先去了。**向朱门绣阁,卖花声叫的殷勤。**(叫卖花下)(众作寻、各拾介)(丑问净介)你拾的什么?(净)是一枝簪子。(丑看介)是金的,上面一粒绯红的宝石。好造化!(净问丑介)你呢?(丑)一只凤鞋套儿。(净)好好,你就穿了何如?(丑作伸脚比介)啐,一个脚指头也着不下。鞋尖上这粒真珠,摘下来罢。(作摘珠丢鞋介)(小生)待我袖了去。(丑)你倒会作揽收拾!你拾的东西,也拿出来瞧瞧。(小生)一幅鲛绡帕儿,裹着个金盒子。(净接作开看介)咦,黑黑的黄黄的薄片儿,闻着又有些香,莫不是耍药?(小生笑介)是香茶。(丑)待我尝一尝。(净争吃各吐介)呸!稀苦的,吃他怎么!(小生作收介)罢了,大家再往前去。(行介)(合)**蜂蝶闲相趁,柳迎花引,望龙楼倒泻,曲江将近。**

（小生、净先下，丑吊场叫介）你们等我一等。阿呀，尿急了，且在这里打个沙窝儿去。（下）（老旦、贴、杂引院子、梅香行上）

【浆水令】扑衣香，花香乱熏；杂莺声，笑声细闻。看杨花雪落覆白蘋，双双青鸟，衔堕红巾。春光好，过二分，迟迟丽日催车进。（院）禀夫人，到曲江了。（老旦）丞相爷在那里？（院）万岁爷在望春官，丞相爷先到那边去了。（老旦、杂、贴作下车介）你看果然好风景也！环曲岸，环曲岸，红酣绿匀。临曲水，临曲水，柳细蒲新。

（丑引小内侍、控马上）敕传玉勒桃花马，骑坐金泥蛱蝶裙。（见介）皇上口敕：韩、秦二国夫人，赐宴别殿。虢国夫人，即令乘马入宫，陪杨娘娘饮宴。（老旦、杂、贴跪介）万岁！（起介）（丑向贴介）就请夫人上马。

【尾声】（贴）内家官，催何紧。姐姐，妹妹，偏背了春风独近。（老旦、杂）不枉你淡扫蛾眉朝至尊。

（贴乘马，丑引下）（杂）你看裴家姐姐，竟自扬鞭去了。（老旦）且自由他。（梅香）请夫人别殿里上宴。

红桃碧柳禊堂春，沈佺期
（老旦）一种佳游事也均。张　谔
（杂）愿奉圣情欢不极，武平一
（合）向风偏笑艳阳人。杜　牧

第六出　傍讶

【中吕过曲】【缕缕金】（丑上）欢游罢，驾归来。西宫因个甚，恼君怀？敢为春筵畔，风流尴尬，怎一场乐事陡成乖？教人好疑怪，教人好疑怪。

前日万岁爷同杨娘娘游幸曲江，欢天喜地。不想昨日娘娘忽然先自回宫，万岁爷今日才回，圣情十分不悦。未知何故？远远望见永新姐来了，咱试问他。（老旦上）

【前腔】宫帏事，费安排。云翻和雨覆，蓦地闹阳台。（丑见介）永新姐，来得恰好。我问你，万岁爷为何不到杨娘娘宫中去？（老旦）唉，公公，你还不知么！两下参商后，装幺作态。（丑）为着甚来？（老旦）只为并头莲傍有一枝开。（丑）是那一枝呢？（老旦笑介）公公，你聪明人自参解，聪明人自参解。

（丑笑介）咱那里得知！永新姐，你可说与我听。（老旦）若说此事，原是我娘娘自己惹下的。（丑）为何？（老旦）只为娘娘把那虢国夫人呵，

[剔银灯] 常则向君前喝采，妆梳淡，天然无赛。那日在望春宫，教万岁召他侍宴。三杯之后，**便暗中筑座连环寨，哄结上同心罗带**。（丑拍手笑介）阿呀，咱也疑心有此。却为何烦恼哩？（老）后来娘娘恐怕夺了恩宠，**因此上嫌猜。恩情顿乖，热打对鸳鸯散开**。

（丑）原来虢国夫人，在望春宫有了言语，才回去的。（老旦）便是。那虢国夫人去时，我娘娘不曾留得。万岁爷好生不快，今日竟不进西宫去了。娘娘在那里只是哭哩。（丑）咱想杨娘娘呵，

[前腔] **娇痴性，天生忒利害**。前时逼得个梅娘娘，直迁置楼东无奈。**如今这虢国夫人，是自家的妹子，须知道连枝同气情非外，怎这点儿也难分爱**。（老旦）这且休提。只是往常，万岁爷与娘娘行坐不离，如今两下不相见面，怎生是好？（丑）**吾侪、如何布摆，且和你从旁看来**。

（内）有旨宣高公公。（丑）来了。

狎宴临春日正迟， 韩　偓
（老旦）宠深还恐宠先衰。 罗　虬
（丑）外头笑语中猜忌， 陆龟蒙
（老旦）若问傍人那得知！ 崔　颢

第七出　幸　恩

【商调引子】【绕池游】（贴上）瑶池陪从，何意承新宠？怪青鸾把人和哄，寻思万种。这其间无端噉动，奈谣诼蛾眉未容。

玉燕轻盈弄雪辉，杏梁偷宿影双依。赵家姊妹多相妒，莫向昭阳殿里飞。奴家杨氏，幼适裴门。琴断朱弦，不幸文君早寡；香含青琐，肯容韩掾轻偷？以妹玉环之宠，叨膺虢国之封。虽居富贵，不爱铅华。敢夸绝世佳人，自许朝天素面。不想前日驾幸曲江，敕陪游赏。诸姊妹俱赐宴于外，独召奴家到望春宫侍宴。遂蒙天眷，勉尔承恩。圣意虽浓，人言可畏。昨日要奴同进大内，再四辞归。仔细想来，好侥幸人也。

【商调过曲】【字字锦】恩从天上浓，缘向生前种。金笼花下开，巧赚娟娟凤。烛花红，只见弄盏传杯；传杯处，蓦自里话儿唧哝。匆匆，不容宛转，把人央入帐中。思量帐中,帐中欢如梦。绸缪处,两心同。绸缪处,两心暗同。奈朝来背地,有人在那里,人在那里,装模作样,言言语语,讥讥讽讽。咱这里羞羞涩涩,惊惊恐恐,直恁被他传弄。(末扮院子、副净扮梅香暗上)

【不是路】(老旦引外扮院子,丑扮梅香上)吹透春风,戚畹花开别样秾。前日裴家妹子独承恩幸。我约柳家妹子,同去打觑一番。不料他气的病了,因此独自前去。(外)禀夫人:已到虢府了。(老旦)通报去。(外报介)(末传介)韩国夫人到。(贴)道有请。(副净请介)(外、末暗下)(贴出迎老旦进介)(贴)姊姊请。(副净、丑诨下)(老旦)妹妹喜也。(贴)有何喜来?(老旦)邀殊宠,一枝已傍日边红。(贴作羞介)姊姊,说那里话!我进离宫,也不过杯酒相陪奉,湛露君恩内外同。(老旦笑介)虽则一般赐恩,外边怎及里边。休调哄,九重春色偏知重,有谁能共?(贴)有何难共?

(老旦)我且问你,看见玉环妹妹,在宫光景如何?

【满园春】(贴)春江上,景融融。催侍宴,望春宫。那玉环妹妹呵,新来倚贵添尊重。(老旦)不知皇上与他怎生恩爱?(贴)春宵里,春宵里,比目儿和同。谁知得雨云踪?(老旦)难道一些不觉?(贴)只见玉环妹妹的性儿,越发骄纵了些。细窥他个中,漫参他意中,使惯娇憨。惯使娇憨,寻瘢索绽,一谜儿自逗心胸。

(老旦)他自小性儿是这般的,妹妹,你还该劝他才是。(贴)那个耐烦劝他?

【前腔】【换头】(老旦)他情性多骄纵,恃天生百样玲珑,姊妹行且休傍作诵。况他近日呵,昭阳内,昭阳内,一人独占三千宠。问阿谁能与竞雌雄?(贴)谁与他争,只是他如此性儿,恐怕君心不测!(老旦起,背介)细听裴家妹子之言,必有缘故。细窥他个中,漫参他意中,使恁骄嗔。恁使骄嗔,藏头露尾,敢别有一段心胸!

(末上)意外闻严旨,堂前报贵人。(见介)禀夫人:不好了。贵妃娘娘忤旨,圣上大怒,命高公送归丞相府中了。(老旦惊介)有这等事!(贴)我说这般心性,定然惹下事来。(老旦)虽然如此,我与你姊妹之情,且是关系大家荣辱,须索前去看他才是!(贴)正是,就请同行。

【尾声】(老旦)忽闻严谴心惊恐,(贴)整香车同探吉凶。姊姊,那玉环妹妹,可不被梅妃笑杀也!(合)倒不如冷淡梅花仍开紫禁中!

第七出　牽　思　037

（贴）传闻阙下降丝纶，　刘长卿
（老旦）出得朱门入戟门。　贾　岛
（贴）何必君恩能独久，　乔知之
（老旦）可怜荣落在朝昏。　李商隐

第八出　献　发

（副净急上）天有不测风云，人有旦夕祸福。下官杨国忠，自从妹子册立贵妃，权势日盛。不想今早忽传贵妃忤旨，被谪出宫，命高内监单车送到门来。未知何故？好生惊骇！且到门前迎接去。（暂下）

【仙吕过曲】【望吾乡】（丑引旦乘车上）无定君心，恩光那处寻？蛾眉忽地遭撅窨，思量就里知他怎？弃掷何偏甚！长门隔，永巷深，回首处，愁难禁。

（副净上跪接介）臣杨国忠迎接娘娘。（丑）丞相，快请娘娘进府，咱家还有话说。（副净）院子，分付丫鬟每，迎接娘娘到后堂去。（丫鬟上扶旦下车，拥下）（副净揖丑介）老公公请坐，不知此事因何而起？（丑）娘娘呵。

【一封书】君王宠最深，冠椒房专侍寝。昨日呵，无端忤圣心,骤然间商与参。丞相不要怪咱家多口,娘娘呵,**生性娇痴多习惯,未免嫌疑生抱衾**。(副净)如今谪遣出来,怎生是好?(丑)丞相且到朝门谢罪,相机而行。(副净)老公公,**全仗你进规箴,悟当今**。(丑)这个自然。(合)**管重取宫花入上林**。

(丑)就此告别。(副净)下官同行。(向内介)分付丫鬟,好生伺候娘娘。(内应介)(副净)乌鸦与喜鹊同行,吉凶事全然未保。(同丑下)

【中吕引子】【行香子】(旦引梅香上)乍出宫门,未定惊魂,渍愁妆满面啼痕。其间心事,多少难论。但惜芳容,怜薄命,忆深恩。

君恩如水付东流,得宠忧移失宠愁。莫向樽前奏《花落》,凉风只在殿西头。我杨玉环,自入官闱,过蒙宠眷。只道君心可托,百岁为欢。谁想妾命不犹,一朝逢怨。遂致促驾宫车,放归私第。金门一出,如隔九天。(泪介)天那,禁中明月,永无照影之期;苑外飞花,已绝上枝之望。抚躬自悼,掩袂徒嗟。好生伤感人也!

【中吕过曲】【榴花泣】【石榴花】罗衣拂拭,犹是御香熏,向何处谢前恩。想春游春从晓和昏,【泣颜回】岂知有断雨残云？我含娇带嗔，往常间他百样相依顺，不堤防为着横枝，陡然把连理轻分。

丫鬟，此间可有那里望见宫中？（梅）前面御书楼上，西北望去，便是宫墙了。（旦）你随我楼上去来。（梅）晓得。（旦登楼介）西宫渺不见，肠断一登楼。（梅指介）娘娘，这一带黄设的琉璃瓦，不是九重宫殿么？（旦作泪介）

【前腔】凭高洒泪，遥望九重阊，咫尺里隔红云。叹昨宵还是凤帏人，冀回心重与温存。天乎太忍，未白头先使君恩尽。（梅指介）呀，远远望见一个公公，骑马而来，敢是召娘娘哩！（旦叹介）料非他丹凤衔书，多又恐乌鸦传信。

（旦下楼介）（丑上）暗将怀旧意，报与失欢人。（见介）高力士叩见娘娘。（旦）高力士，你来怎么？（丑）奴婢恰才复旨，万岁爷细问娘娘回府光景，似有悔心。现今独坐宫中，长吁短叹，一定是思想娘娘。因此特来报知。（旦）唉，那里还想着我！（丑）奴婢愚不谏贤，娘娘未可太执意了。倘有甚么东西，付与奴婢，乘间进上。或者感动圣心，也未可知。（旦）高力士，你教我进什么东西去好？（想介）

【喜渔灯犯】【喜渔灯】思将何物传情悃，可感动君？我想一身之外，皆君所赐，算只有愁泪千行，作珍珠乱滚；又难穿成金缕把雕盘进。哦，有了，【剔银灯】这一缕青丝香润，曾共君枕上并头相偎衬，曾对君镜里撩云。丫鬟，取镜台金剪过来。（梅应取上介）（旦解发介）哎，头发，头发!【渔家傲】可惜你伴我芳年，剪去心儿未忍。只为欲表我衷肠。（作剪发介）剪去心儿自悯。（作执发起，哭介）头发，头发！【喜渔灯】全仗你寄我殷勤。（拜介）我那圣上呵，奴身、止鬖鬖发数根，这便是我的残丝断魂。

（起介）高力士，你将去与我转奏圣上。（哭介）说妾罪该万死，此生此世，不能再睹天颜！谨献此发，以表依恋。（丑跪接发搭肩上介）娘娘请免愁烦，奴婢就此去了。好凭缕缕青丝发，重结双双白首缘。（下）（旦坐哭介）（老旦、贴上）

【榴花灯犯】【剔银灯】听说是贵妃妹忤君。【石榴花】听说是返家门，【普天乐】听说是失势兄忧悯，听说是中官至，未审何云？（进介）贵妃娘娘那里？（梅）韩、虢二国夫人到了。（旦作哭不语介）（老旦、贴见介）（老旦）贵妃请免愁烦。（同哭介）（贴）前日在望春宫，皇上十分欢喜，为何忽有此变？【渔家傲】我只道万岁千秋欢无尽，【尾犯序】我只道任伊行笑謦，【石榴花】我只道纵差池，谁和你评论！（老旦）裴家妹子，【锦缠道】休只管闲言絮陈。贵妃，你逢薄怒其中有甚根因？（旦作不理

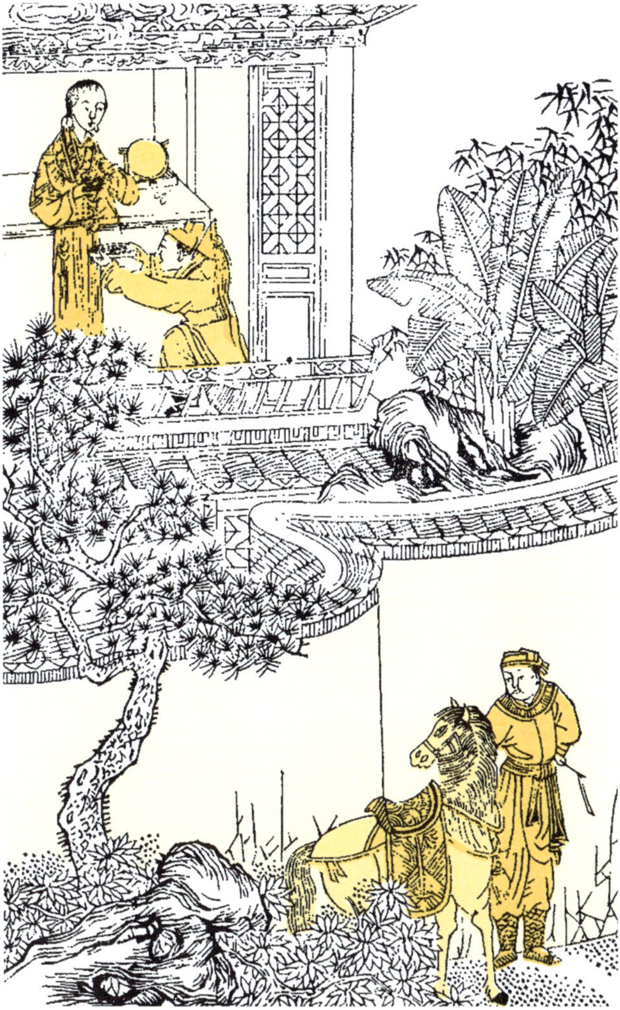

介)(贴)贵妃,你莫怪我说,【剔银灯】自来宠多生嫌衅,可知道秋叶君恩?恁为人,怎趋承至尊?(老旦)(合)【雁过声】姊妹每情切来相问,为甚么耳畔哝哝,总似不闻!(旦)

【尾声】秋风团扇原吾分,多谢连枝特过存。总有万语千言,只在心上忖。

(竟下)(贴)姊姊,你看这个样子,如何使得?(老旦)正是,我每特来看他,他心上有事,竟自进房去了。妹子,你再到望春宫时,休要学他。(贴羞介)啐!

(贴)今朝忽见下天门, 张　籍
(老旦)相对那能不怆神。 廖匡图
(贴)冷眼静看真好笑, 徐　黄
(老旦)中含芒刺欲伤人。 陆龟蒙

第九出　复　召

【南吕引子】【虞美人】(生上)无端惹起闲烦恼,有话将谁告?此情已自费支持,怪杀鹦哥不住向人提。

辇路生春草,上林花满枝。凭高何限意,无复侍臣知。寡人昨因杨妃娇妒,心中不忿,一时失计,将他遣出。谁想佳人难得,自他去后,触目总是生憎,对景无非惹恨。那杨国忠入朝谢罪,寡人也无颜见他。(叹介)咳,欲待召取回宫,却又难于出口,若是不召他来,教朕怎生消遣,好剐划不下也!

【南吕过曲】【十样锦】【绣带儿】春风静,宫帘半启,难消日影迟迟。听好鸟犹作欢声,睹新花似斗容辉。追悔,【宜春令】悔杀咱一划儿粗疏,不解他十分的好歹。枉负了怜香惜玉,那些情致。(副净扮内监上)脸下玉盘红缕细,酒开金瓮绿酲浓。(跪见介)请万岁爷上膳。(生不应介)(副净又请介)(生恼介)哎,谁着你请来!(副净)万岁爷自清晨不曾进膳,后宫传催排膳伺候。(生)哎,甚么后宫!叫内侍。(二内侍应上)(生)揣这厮去打一百,发入净军所去。(内侍)领旨。(同揣副净下)(生)哎,朕在此想念妃子,却被这厮来搅乱一番。好烦恼也!【降黄龙换头】思伊,纵有天上琼浆,海外珍馐,知他甚般滋味!除非可意立向跟前,方慰调饥。(净扮内监上)尊前绮席陈歌舞,花外红楼列管弦。(见跪介)请万岁爷沉香亭上饮宴,听赏梨园新乐。(生)哎,说甚沉香亭,好打!(净叩头介)非干奴婢之事,是太子诸王,说万岁爷心绪不快,特请消遣。(生)哎,我心绪有何不快!叫内侍。(内侍应上)(生)揣这厮去打一百,发入惜薪司当火者去。(内侍)领旨。(同揣净下)(生)内侍过来。(内侍应上)(生)着你二人看守宫门,不许一人擅入,违者重打。(内侍)领旨。(作立前场介)(生)唉,朕此时有甚心情,还去听歌饮酒。【醉太平】想亭际、凭阑仍是玉阑干,问新妆有谁同倚?就有新声呵,知音人逝,他鹍弦绝响,我玉笛羞吹。(丑肩搭发上)【浣溪纱】离别悲,相思意,两下里抹媚谁知!我从旁参透个中机,要打合鸾凰在一处飞。(见内侍介)万岁爷在那里?(内侍)独自坐在宫中。(丑欲入,内侍拦介)(丑)你怎么拦阻咱家?(内侍)万岁爷十分着恼,把进膳的连打了两个,特着我每看守宫门,不许一人擅入。(丑)原来如此,咱家且候着。(生)朕委无聊赖,且到宫门外闲步片时。(行介)看一带瑶阶依然芳草齐,不见蹴裙裾,珠履追随。(丑望介)万岁爷出来了,咱且闪在门外,觑个机会。(虚下、即上听介)(生)寡人在此思念妃子,不知妃子又怎生思念寡人哩!早间问高力士,他说妃子出去,泪眼不干,教朕寸心如割。这半日间,无从再知消息。高力士这厮,也竟不到朕跟前,好生可恶!(丑见介)奴婢在这里。(生)(作看丑介)(生)高力士,你肩上搭的甚么东西?(丑)是杨娘娘的头发。(生笑介)什么头发?(丑)娘娘说道:自恨愚昧,上忤圣心,罪应万死。今生今世,不能够再睹天颜。特剪下这头发,着奴婢献上万岁爷,以表依恋之意。(献发介)(生执发看,哭介)哎哟,我那妃子呵!【啄木儿】记前宵枕边闻香气,到今朝剪却和愁寄。觑青丝,肠断魂迷。想寡人与妃子,恩情中断,就似这头发也。一霎里落金刀,长辞云髻。(丑)万岁爷!【鲍老催】请休惨凄,奴婢想杨娘娘既蒙恩幸,万岁爷何惜宫中片席之地,乃使沦落外边!春风肯教天上回,名花便从苑外移。(生作想介)只是寡人已经放出,怎好召还?(丑)有罪放出,悔过召还,正是圣主如天之度。(生点头介)(丑)况今早单车送出,才是黎明,此时天色已暮,开了安庆坊,从太华宅而入,外人谁得知之。(叩头介)乞鉴原,赐迎归,无淹滞。稳情取一笑愁城自解围。(生)高力士,就着你迎取贵妃回宫便了。(丑)领旨。(下)(生)咳,妃子来时,教寡人怎生相见也!【下小楼】喜得玉人归矣,又愁他惯娇嗔,背面啼,那时将何言语饰前非!罢,罢,这原是寡人不是,拚把百般亲媚,酬他半日分离。(丑同内侍、宫女纱灯引旦上)【双声子】香车曳，香车曳，穿过了宫槐翠。纱笼对，纱笼对，掩映着宫花丽。(内侍、宫女下)(丑进报介)杨娘娘到了。(生)快宣进来。(丑)领旨。杨娘娘有宣。(旦进见介)臣妾杨氏见驾，死罪，死罪！(俯伏介)(生)平身。(丑暗下)(旦跪泣介)臣妾无状，上干天谴。今得重睹圣颜，死亦瞑目。(生同泣介)妃子何出此言？(旦)【玉漏迟序】念臣妾如山罪累，荷皇恩如天容庇。今自艾，愿承鱼贯，敢妒蛾眉？

(生扶旦起介)寡人一时错见，从前的话，不必再提了。(旦泣起介)万岁！(生携旦手与旦拭泪介)

【尾声】从今识破愁滋味，这恩情更添十倍。妃子，我且把这一日相思诉与伊！

(宫娥上)西宫宴备，请万岁爷、娘娘上宴。

(生)陶出真情酒满尊，　李　中
(旦)此心从此更何言。　罗　隐
(生)别离不惯无穷忆，　苏　颋
(旦)重入椒房拭泪痕。　柳公权

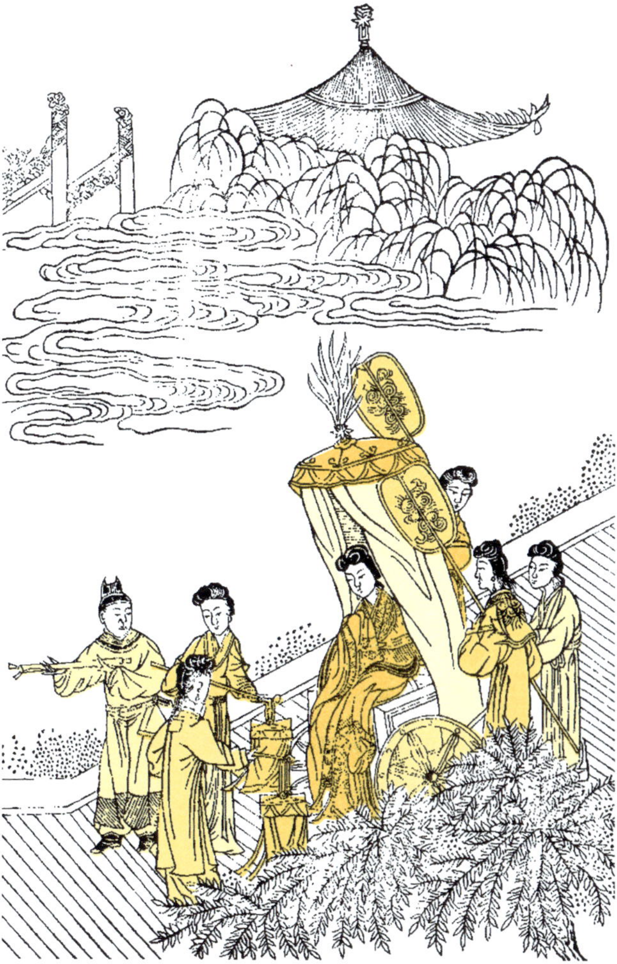

第十出 疑谶

（外扮郭子仪将巾、佩剑上）壮怀磊落有谁知，一剑防身且自随。整顿乾坤济时了，那回方表是男儿。自家姓郭名子仪，本贯华州郑县人氏。学成韬略，腹满经纶。要思量做一个顶天立地的男儿，干一桩定国安邦的事业。今以武举出身，到京谒选。正值杨国忠窃弄威权，安禄山滥膺宠眷。把一个朝纲，看看弄得不成模样了。似俺郭子仪，未得一官半职，不知何时，才得替朝廷出力也呵！

【商调】【集贤宾】论男儿壮怀须自吐，肯空向杞天呼？笑他每似堂间处燕，有谁曾屋上瞻乌！不堤防柙虎樊熊，任纵横社鼠城狐。几回家听鸡鸣，起身独夜舞。想古来多少乘除，显得个勋名垂宇宙，不争便姓字老樵渔！

且到长安市上，买醉一回。（行科）

【逍遥乐】向天街徐步，暂遣牢骚，聊宽逆旅。俺则见来往纷如，闹昏昏似醉汉难扶，那里有独醒行吟楚大夫！俺郭子仪呵，待觅个同心伴侣，怅钓鱼人去，射虎人遥，屠狗人无。（下）

（丑扮酒保上）我家酒铺十分高，罚誓无赊挂酒标。只要有钱凭你饮，无钱滴水也难消。小子是这长安市上，新丰馆大酒楼，一个小二哥的便是。俺这酒楼，在东、西两市中间，往来十分热闹。凡是京城内外，王孙公子、官员市户、军民百姓，没一个不到俺楼上来吃三杯。也有吃寡酒的，吃案酒的，买酒去的，包酒来的，打发个不了。道犹未了，又一个吃酒的来也。（外行上）

【上京马】遥望见绿杨斜靠画楼隅，滴溜溜一片青帘风外舞，怎得个燕市酒人来共沽！（唤科）酒家有么？（丑迎科）客官，请楼上坐。（外作上楼科）是好一座酒楼也。敞轩窗，日朗风疏。见四周遭粉壁上，都画着醉仙图。

（丑）客官自饮，还是待客？（外）独饮三杯，有好酒呵取来。（丑）有好酒。（取酒上科）酒在此。（内叫科）小二哥这里来。（丑应忙下）（外饮酒科）

【梧叶儿】俺非是爱酒的闲陶令,也不学使酒的莽灌夫,一谜价痛饮兴豪粗。撑着这醒眼儿谁俅睬?问醉乡深可容得吾?听街市恁喧呼,偏冷落高阳酒徒。

(作起看科)(老旦扮内监,副净、末、净扮官各吉服,杂捧金币,牵羊担酒随行上,绕场下)(丑捧酒上)客官,热酒在此。(外)酒保,我问你,咱楼前那些官员,是往何处去来?(丑)客官,你一面吃酒,我一面告诉你波。只为国舅杨丞相,并韩国、虢国、秦国三位夫人,万岁爷各赐造新第。在这宣阳里中,四家府门相连,俱照大内一般造法。这一家造来,要胜似那一家的;那一家造来,又要赛过这一家的。若见那家造得华丽,这家便拆毁了,重新再造。定要与那家一样,方才住手。一座厅堂,足费上千万贯钱钞。今日完工,因此合朝大小官员,都备了羊酒礼物,前往各家称贺。打从这里过去。(外惊科)哦,有这等事!(丑)待我再去看热酒来波。(下)(外叹科)呀,外戚宠盛,到这个地位,如何是了也!

【醋葫芦】怪私家恁僭窃,竞豪奢,夸土木。一班儿公卿甘作折腰趋,争向权门如市附。再没有一个人呵,把舆情向九重分诉。可知他朱甍碧瓦,总是血膏涂!

(起科)心中一时忿懑,不觉酒涌上来,且向四壁闲看一回。

（作看科）这壁厢细字数行，有人题的诗句。我试觑波。（作看念科）燕市人皆去，函关马不归。若逢山下鬼，环上系罗衣。呀，这诗煞是好奇怪也！

【幺篇】我这里停睛一直看，从头儿逐句读。细端详诗意少祯符。且看是什么人题的？（又看念科）李遐周题。（作想科）李遐周，这名字好生识熟！哦，是了，我闻得有个术士李遐周，能知过去未来，必定就是他了。多则是就里难言藏谶语，猜诗谜杜家何处？早难道醉来墙上，信笔乱鸦涂！

（内作喧闹科）（外唤科）酒保那里？（丑上）客官，做甚么？（外）楼下为何又这般喧闹？（丑）客官，你靠着这窗儿，往下看去就是。（外看科）（净王服、骑马，头踏职事前导引上，绕场行下科）（外）那是何人？（丑笑指科）客官，你不见他那个大肚皮么？这人姓安，名禄山。万岁爷十分宠爱他，把御座的金鸡步障，都赐与他坐过，今日又封他做东平郡王。方才谢恩出朝，赐归东华门外新第，打从这里经过。（外惊怒科）呀，这、这就是安禄山么？有何功劳，遽封王爵？唉，我看这厮面有反相，乱天下者，必此人也！

【金菊香】见了这野心杂种牧羊的奴，料蜂目豺声定是狡徒。怎把个野狼引来屋里居？怕不将题壁诗符？更和那私门贵戚，一例逞妖狐。

（丑）客官，为甚事这般着恼来？（外）

[柳叶儿] 哎，不由人冷飕飕冲冠发竖，热烘烘气夯胸脯，咭当当把腰间宝剑频频觑。（丑）客官，请息怒，再与我消一壶波。（外）呀，便教俺倾千盏，饮尽了百壶，怎把这重沉沉一个愁担儿消除！

（作起身科）不吃酒了，收了这酒钱去者。（丑作收科）别人来三杯和万事，这客官一气惹千愁。（下）（外作下楼转行科）我且回到寓中去波。

[浪来里] 见着那一桩桩伤心的时事讵，凑着那一句句感时的诗谶伏，怕天心人意两难摸，好教俺费沉吟跐踏地将眉对蹙。看满地斜阳欲暮，到萧条客馆，兀自意踌蹰。

（作到寓进坐科）（副净扮家将上）（见科）禀爷：朝报到来。（外看科）"兵部一本：为除授官员事。奉圣旨，郭子仪授为天德军使。钦此。"原来旨意已下，索早收拾行李，即日上任去者。（副净应科）（外）俺郭子仪虽则官卑职小，便可从此报效朝廷也呵！

[高过随调煞] 赤紧似尺水中展鬣鳞，枳棘中拂毛羽。且

喜奋云霄有分上天衢。直待的把乾坤重整顿,将百千秋第一等勋业图。纵有妖氛孽蛊,少不得肩担日月,手把大唐扶。

马蹄空踏几年尘, 胡　宿
长是豪家据要津。 司空图
卑散自应霄汉隔, 王　建
不知忧国是何人? 吕　温

第十一出　闻　乐

【南吕引子】【步蟾宫】(老旦扮嫦娥,引仙女上)清光独把良宵占,经万古纤尘不染。散瑶空,风露洒银蟾,一派仙音微飐。

药捣长生离劫尘,清妍面目本来真。云中细看天香落,仍倚苍苍桂一轮。吾乃嫦娥是也,本属太阴之主,浪传后羿之妻。七宝团圞,周三万六千年内;一轮皎洁,满一千二百里中。玉兔、金蟾,产结长明至宝;白榆、丹桂,种成万古奇葩。向有《霓裳羽衣》仙乐一部,久秘月宫,未传人世。今下界唐天子,知音好乐。他妃子杨玉环,前身原是蓬莱玉妃,曾经到此。不免召他梦魂,重听此曲。使其醒来记忆,谱入管弦。竟将天上仙音,留作人间佳话。却不是好!寒簧过来。(贴)有。(老旦)你可到唐宫之内,引杨玉环梦魂到此听曲。曲终之后,仍旧送回。(贴)领旨。(老旦)好凭一枕游仙梦,暗授千秋法曲音。(引丑下)(贴)奉着娘娘之命,不免出了月宫,到唐宫中走一遭也。(行介)

【南吕过曲】【梁州序犯】【本调】明河斜映，繁星微闪。俯将尘世遥觇，只见空蒙香雾。早离却玉府清严，一任珮摇风影，衣动霞光，小步红云垫。待将天上乐，授宫袡，密召芳魂入彩蟾。来此已是唐宫之内。【贺新郎】你看鱼钥闭，龙帷掩，那杨妃呵，似海棠睡足增娇艳。【本序尾】轻唤起，拥冰簟。

（唤介）杨娘娘起来。（旦扮梦中魂上）

【渔灯儿】恰才的追凉后，雨困云淹。畅好是酣眠处，粉腻黄黏。（贴）娘娘有请。（旦）呀，深宫之内，檐下何人叫唤？悄没个宫娥报，轻来画檐。（贴）娘娘快请。（旦作倦态欠身介）我娇怯怯朦胧身欠，慢腾腾待自起开帘。

（作出见贴介）呀，原来是一个宫人！

【前腔】（贴）俺不是隶长门，寻奉曾嫌；（旦）不是宫人，敢是别院的美人？（贴）俺不是列昭容，御座曾瞻。（旦）这等你是何人？（贴）儿家月中侍儿，名唤寒簧，则俺的名在瑶宫月殿签。（旦惊介）原来是月中仙子，何因到此？（贴）恰才奉姮娥口敕亲传点，请娘娘到桂宫中花下消炎。

（旦）哦，有这等事！（贴）娘娘不必迟疑。儿家引导，就请同行。（引旦行介）（合）

【锦渔灯】指碧落，足下云生冉冉；步青霄，听耳中风弄纤纤。乍凝眸，星斗垂垂似可拈，早望见烂辉辉宫殿影在镜中潜。

（旦）呀，时当仲夏，为何这般寒冷？（贴）此即太阴月府，人间所传广寒宫者是也。就请进去。（旦喜介）想我浊质凡姿，今夕得到月府，好侥幸也。（作进看介）

【锦上花】清游胜，满意饮。（想介）这些景物都似曾见过来！环玉砌，绕碧檐，依稀风景漫猜嫌。那壁桂花开的恁早！（贴）此乃月中丹桂，四时常茂，花叶俱香。（旦看介）果然好花也！看不足，喜更添。金英缀，翠叶兼。氤氲芳气透衣缣，人在桂阴潜。

（内作乐介）（旦）你看一群仙女，素衣红裳，从桂树下奏乐而来，好不美听。（贴）此乃《霓裳羽衣》之曲也。（杂扮仙女四人、六人或八人，白衣、红裙、锦云肩、璎珞、飘带，各奏乐，唱，绕场行上介，旦贴旁立看介）

【锦中拍】（众）携天乐，花丛斗拈，拂霓裳露沾。迥隔断红尘荏苒，直写出瑶台清艳。纵吹弹舌尖、玉纤，韵添；惊不醒人间梦魇，停不驻天宫漏签。一枕游仙，曲终闻盐，付知音重翻检。

（同下）（旦）妙哉此乐！清高宛转，感我心魂，真非人间所有也！

【锦后拍】缥缈中，簇仙姿，宛曾觇。听彻清音意厌厌，数琳琅琬琰；数琳琅琬琰，一字字偷将凤鞋轻点，按宫商掐记指儿尖。晕羞脸，枉自许舞娇歌艳，比着这钩天雅奏多是歉。

请问仙子，愿求月主一见。（贴）要见月主还早。天色渐明，请娘娘回宫去罢。

【尾声】你攀蟾有路应相念，（旦）好记取新声无欠，（贴）只误了你把枕上君王半夜儿闪。

（旦下）（贴）杨妃已回唐宫，我索向月主娘娘复旨则个。

060 长生殿

碧瓦桐轩月殿开, 曹　唐
还将明月送君回。丁仙芝
钧天虽许人间听, 李商隐
却被人间更漏催。黄　滔

第十二出　制　谱

【仙吕过曲】【醉罗歌】【醉扶归】(老旦上)西宫才奉传呼罢,安排水榭要清佳。慢卷晶帘散朝霞,玉钩却映初阳挂。奴家永新是也。与念奴妹子同在西宫,承应贵妃杨娘娘。我娘娘再入宫闱,万岁爷更加恩幸。真乃"三千宠爱在一身,六宫粉黛无颜色"。今早娘娘分付,收拾荷亭,要制曲谱。念奴妹子在那里伏侍晓妆,奴家先到此间,不免将文房四宝,摆设起来。【皂罗袍】你看笔床初拂,光分素札,砚池新注,香浮墨华,绿阴深处多幽雅。【排歌尾】竹风引,荷露洒,对波纹帘影弄参差。

呀,兰麝香飘,珮环风定,娘娘早则到也。(旦引贴上)

【正宫引子】【新荷叶】幽梦清宵度月华,听《霓裳羽衣》歌罢。醒来音节记无差,拟翻新谱消长夏。

斗画长眉翠淡浓，远山移入镜当中。晓窗日射胭脂颊，一朵红酥旋欲融。我杨玉环自从截发感君之后，荷宠弥深。只有梅妃《惊鸿》一舞，圣上时常夸奖。思欲另制一曲，掩出其上。正在推敲，昨夜忽然梦入月宫。见桂树之下，仙女数人，素衣红裳，奏乐甚美。醒来追忆，音节宛然。因此分付永新，收拾荷亭，只待细配宫商，谱成新曲。（老旦）启娘娘：纸、墨、笔、砚，已安排齐备了。（旦）你与念奴一同在此伺候。（老旦、贴应，作打扇、添香介）（旦作制谱介）

【正宫过曲】【刷子带芙蓉】【刷子序】荷气满窗纱，鸾笺慢伸，犀管轻拿，待谱他月里清音，细吐我心上灵芽。这声调虽出月宫，其间转移过度，细微曲折之处，须索自加细审。安插，一字字要调停如法，一段段须融和入化。这几声尚欠调匀，拍尒怎下？（内作莺啼，旦执笔听介）呀，妙呵！（作改介）【玉芙蓉】听宫莺数声，恰好应红牙。

（搁笔介）谱已制完，永新，是什么时候了？（老旦）晌午了。（旦）万岁爷可曾退朝？（老旦）尚未。（旦）永新，且随我更衣去来。念奴在此，伺候万岁爷到时，即忙通报。（贴）领旨。（旦）好凭晚镜增蛾翠，漫试香纱换蝶衣。（引老旦随下）（生行上）

【渔灯映芙蓉】【山渔灯】散千官，朝初罢。拟对玉人，长昼闲话。寡人方才回宫,听说妃子在荷亭上,因此一径前来。**依流水待觅胡麻,把银塘路踏。**(作到介)(贴见介)呀,万岁爷到了。(生)念奴,你娘娘在何处闲欢耍,怎堆香几,有笔砚交加?(贴)娘娘在此制谱,方才更衣去了。(生)妃子,妃子!美人韵事,被你都占尽也。但不知制甚曲谱,待寡人看来。(作坐翻看介)**消详,从头觑咱。妙哉,只这锦字荧荧银钩小,更度羽换宫没半米差。**好奇怪,这谱连寡人也不知道。**细按音节,不是人间所有,似从天下,果曲高和寡。**妃子,不要说你婷婷绝世,只这一点灵心,有谁及得你来?【玉芙蓉】**恁聪明,也堪压倒上阳花。**

【普天赏芙蓉】【普天乐】(旦换妆,引老旦上)**换轻妆,多幽雅;试生绡,添潇洒。**(见生介)臣妾见驾。(生扶介)妃子坐了。(坐介)(生)妃子,看你晚妆新试,妩媚益增。**似迎风袅袅杨枝,宛凌波濯濯莲花。芳兰一朵斜把云鬟压,越显得庞儿风流煞。**(旦)陛下今日退朝,因何恁晚?(生)只为灵武太守员缺,地方紧要,与廷臣议了半日,难得其人。朕特擢郭子仪,补授此缺,因此退朝迟了。(旦)妾候陛下不至,独坐荷亭,**爱风来一弄明纱,闲学谱新声奏雅。**【玉芙蓉】**怕输他舞《惊鸿》,曲终满座有光华。**

第十二出 制谱

（生）寡人适见此谱，真乃千古奇音，《惊鸿》何足道也！（旦）妾凭臆见，草草创成。其中错误，还望陛下更定。（生）再同妃子，细细点勘一番。（老旦、贴暗下）（生、旦并坐翻谱介）

【朱奴折芙蓉】【朱奴儿】倚长袖，香肩并亚；翻新谱，玉纤同把。（生）妃子，似你绝调佳人世真寡，要觅破绽并无毫发。再问妃子，此谱何名？（旦）妾于昨夜梦入月宫，见一群仙女奏乐，尽着霓裳羽衣。意欲取此四字，以名此曲。（生）好个"霓裳羽衣"！非虚假，果合伴天香桂花。【玉芙蓉】（作看旦介）觑仙姿，想前身原是月中娃。

此谱即当宣付梨园，但恐俗手伶工，未谙其妙。朕欲令永新、念奴，先抄图谱，妃子亲自指授。然后传与李龟年等，教习梨园子弟，却不是好。（旦）领旨。（生携旦起介）天已薄暮，进宫去来。

【尾声】晚风吹，新月挂，（旦）正一缕凉生凤榻。（生）妃子，你看这池上鸳鸯，早双眠并蒂花。

　　（生）芙蓉不及美人妆，　王昌龄

　　（旦）杨柳风多水殿凉。　刘长卿

　　（老旦）花下偶然歌一曲，　曹　唐

　　（合）传呼法部按霓裳。　王　建

第十三出　权　哄

【双调引子】【秋蕊香】（副净引祗从上）狼子野心难料，看跋扈渐肆咆哮，挟势辜恩更堪恼，索假忠言入告。

下官杨国忠。外凭右相之尊，内恃贵妃之宠。满朝文武，谁不趋承！独有安禄山这厮，外面假作痴愚，肚里暗藏狡诈。不知圣上因甚爱他，加封王爵！他竟忘了下官救命之恩，每每遇事欺凌，出言挺撞。好生可恨！前日曾奏圣上，说他狼子野心，面有反相，恐防日后酿祸，怎奈未见听从。今日进朝，须索相机再奏，必要黜退了他，方快吾意。来此已是朝门，左右回避。（从下）（内喝道介）（副净）呀，那边呵殿之声，且看是谁？（净引祗从上）

【玉井莲后】宠固君心，暗中包藏计狡。

左右回避。（从下）（净见副净介）请了。（副净笑介）哦，原来是安禄山！（净）老杨，你叫我怎么？（副净）这是九重禁地，你怎敢在此大声呵喝？（净作势介）老杨，你看我：脱下御衣亲赐着，进来龙马每教骑。常承密旨趋朝数，独奏边机出殿迟。我做郡王的，便呵喝这一声，也不妨，比似你右相还早哩！（副净冷笑介）好，好个"不妨"！安禄山，我且问你，这般大模大样是几时起的？（净）下官从来如此。（副净）安禄山，你也还该自去想一想！（净）想甚么？（副净）你只想当日来见我的时节，可是这个模样么？（净）彼一时，此一时，说他怎的。（副净）唉，安禄山。

【仙吕入双调过曲】【风入松】 你本是刀头活鬼罪难逃，那时节长跪阶前哀告。我封章入奏机关巧，才把你身躯全保。（净）赦罪复官，出自圣恩。与你何涉？（副净）好，倒说得干净！只太把良心昧了。恩和义，付与水萍飘。

（净）唉，杨国忠，你可晓得。

【前腔】 世间荣落偶相遭？休夸着势压群僚。你道我失机之罪，可也记得南诏的事么？胡卢提掩败将功冒，怪浮云蔽遮天表。（副净）圣明在上，谁敢朦蔽？这不是谤君么？（净）还说不朦蔽，你卖爵鬻官多少？贪财货，竭脂膏。

（副净）住了，你道卖官鬻爵，只问你的富贵，是那里来的？

（冷笑介）（净）也非止这一桩。

【急三枪】若论你恃戚里，施奸狡；误国罪，有千条。（副净）休得把诬蔑语，凭虚造。（扯净介）我与你同去面当朝！

（净）谁怕你来，同去，同去！（作同扭进朝俯伏介）（副净）臣杨国忠谨奏：

【风入松】禄山异志腹藏刀，外作痴愚容貌，奸同石勒倚东门啸。他不拜储君，公然桀傲，这无礼难容圣朝。望吾皇立赐罢斥，除凶恶，早绝祸根苗。

（净伏介）臣安禄山谨奏：

【前腔】念微臣谬荷主恩高，遂使嫌生权要，愚蒙触忤知难保。（泣介）陛下呵，怕孤立终落他圈套。微臣呵，寸心赤，只有吾皇鉴昭。容出镇，犬马效微劳。

（内）圣旨道来：杨国忠、安禄山互相讦奏，将相不和，难以同朝共理。特命安禄山为范阳节度使，克期赴镇。谢恩。（净、副净）万岁！（起介）（净向副净拱手介）老丞相，下官今日去了，你再休怪我大模大样。

【急三枪】朝门内，一任你张牙爪，我去开幕府，自逍遥。（副净冷笑介）（净欲下复转向副净介）还有一句话儿，今日下官出镇，想也仗回天力相提调。（举手介）请了，我且将冷眼，看伊曹。（下）

（副净看净下介）呀，有这等事！

【风入松】一腔块垒怎生消，我待把他威风抹倒；谁知反分节钺添荣耀，这话靶教人嘲笑。咳，但愿禄山此去，做出事来，方信我忠言最早！圣上，圣上，到此际可也悔今朝！

去邪当断勿狐疑，　周　昙
祸稔萧墙竟不知；　储嗣宗
壮气未平空咄咄，　徐　铉
甘言狡计奈娇痴！　郑　嵎

第十四出　偷　曲

【仙吕过曲】【八声甘州】（老旦、贴携谱上）（老旦）《霓裳》谱定，（贴合）向绮窗深处，秘本翻誊。香喉玉口，亲将绝调教成。（老旦）奴家永新，（贴）奴家念奴。（老旦）自从娘娘制就《霓裳》新谱，我二人亲蒙教授。今驾幸华清宫，即日要奏此曲。命我二人，在朝元阁上，传谱与李龟年，连夜教演梨园子弟。（贴）散序俱已传习，今日该传拍序了。（老旦）你看月明如水，正好演奏。我和你携了曲谱，先到阁中便了。（行介）（合）凉蟾正当高阁升，帘卷薰风映水晶。高清，恰称广寒宫仙乐声声。（下）

【道宫近词】【鱼儿赚】（末苍髯扮李龟年上）乐部旧闻名，班首新推独老成。早暮趋承，上直更番入内廷。自家李龟年是也，向作伶官，蒙万岁爷点为梨园班首。今有贵妃娘娘《霓裳》新曲，奉旨令永新、念奴传谱出来，在朝元阁上教演，立等供奉。只得连夜擪习，不免唤齐众兄弟每同去。兄弟每那里？（副净扮马仙期上）

仙期方响鬼神惊,(外扮雷海青上)铁拨争推雷海青。(净白须扮贺怀智上)贺老琵琶擅场屋,(丑扮黄旛绰上)黄家旛绰板尤精。(同见末介)李师父拜揖。(末)请了。列位呵,君王命,《霓裳》催演不教停。那永新、念奴呵,两娉婷,把红牙小谱携端正,早向朝元待月明。(众)如此,我每就去便了。(末)请同行。(同行介)趁迟迟宫漏夜凉生,把新腔敲订,新腔敲订。(同下)

【仙吕过曲】【解三酲犯】【解三酲】(小生巾服扮李謩上)逞风魔少年逸兴,借曲中妙理陶情。传闻今夜蓬莱境,翻妙谱,奏新声。小生李謩是也,本贯江南,遨游京国。自小谙通音律,久以铁笛擅名。近闻宫中新制一曲,名曰《霓裳羽衣》。乐工李龟年等,每夜在朝元阁中演习。小生慕此新声,无从得其秘谱。打听的那阁子,恰好临着宫墙,声闻于外。不免袖了铁笛,来到骊山,趁此月明如昼,窃听一回。一路行来,果然好景致也。(行介)林收暮霭天气清,山入寒空月彩横。真佳景,【八声甘州】宛身从画里游行。

(场上设红帷作墙,墙内搭一阁介)(小生)说话之间,早来到宫墙下了。

【道宫调近词】【应时明近】只见五云中,宫阙影,窈窕玲珑映月明。光辉看不定,光辉看不定。想潜通御气,处处仙楼,阑干畔有玉人闲凭。

闻那朝元阁,在禁苑西首,我且绕着红墙,迤逦行去。(行介)

【前腔】花阴下,御路平,紧傍红墙款款行。(望介)只这垂杨影里,一座高楼露出墙头,想就是了。凝眸重细省,凝眸重细省,只见画帘缥缈,文窗掩映。(指介)兀的不是上有红灯!

(老旦、贴在墙内上阁介)(末众在内云)今日该演拍序,大家先将散序,从头演习一番。(小生)你看上面灯光隐隐,似有人声,一定是这里了。我且潜听一回。(作潜立听介)

【双赤子】悄悄冥冥,墙阴窃听。(内作乐介)(小生作袖出笛介)不免取出笛来,倚声和之。就将音节,细细记明便了。听到月高初更后,果然弦索齐鸣。恰喜禁垣,夜深人静,玎璁齐应。这数声恍然心领,那数声恍然心领。

(内细十番,小生吹笛和介)(乐止,老旦、贴在内阁上唱后曲,小生吹笛合介)

【画眉儿】(老旦、贴)骊珠散迸,入拍初惊。云翻袂影,飘然回雪舞风轻。飘然回雪舞风轻,约略烟蛾态不胜。(小生接唱)这数声恍然心领,那数声恍然心领。

(内细十番如前,老旦、贴内唱,小生笛合介)

【前腔】(老旦、贴)珠辉翠映,凤骞鸾停。玉山蓬顶,上元挥袂引双成。上元挥袂引双成,萼绿回肩招许琼。(小生接唱)这数声恍然心领,那数声恍然心领。

(内又如前十番,老旦、贴内唱,小生笛合介)

【前腔】(老旦、贴)音繁调骋,丝竹纵横。翔云忽定,漫收舞袖弄轻盈。漫收舞袖弄轻盈,飞上瑶天歌一声。(小生接唱)这数声恍然心领,那数声恍然心领。

(内又十番一通,老旦、贴暗下)(小生)妙哉曲也。真个如敲秋竹,似戛春冰,分明一派仙音,信非人世所有。被我都从笛中偷得,好侥幸也!

【鹅鸭满渡船】《霓裳》天上声,墙外行人听。音节明,宫商正,风内高低应。偷从笛里,写出无余剩。呀,阁上寂然无声,想是不奏了。人散曲终红楼静,半墙残月摇花影。

第十四出 堂嚳 075

你看河斜月落,斗转参横,不免回去罢。(袖笛转行介)

[尾声]却回身,寻归径。只听得玉河流水韵幽清,犹似《霓裳》袅袅声。

倚天楼殿月分明, 杜　牧
歌转高云夜更清。 赵　嘏
偷得新翻数般曲, 元　稹
酒楼吹笛有新声。 张　祜

第十五出　进　果

〔正宫过曲〕〔柳穿鱼〕（末扮使臣持竿、挑荔枝篮，作鞭马急上）一身万里跨征鞍，为进离支受艰难。上命遣差不由己，算来名利怎如闲！巴得个、到长安，只图贵妃看一看。

自家西州道使臣，为因贵妃杨娘娘爱吃鲜荔枝，奉敕涪州，年年进贡。天气又热，路途又远，只得不惮辛勤，飞马前去。（作鞭马重唱"巴得个"三句跑下）

〔双调〕〔撼动山〕（副净扮使臣持荔枝篮、鞭马急上）海南荔子味尤甘，杨娘娘偏喜啖。采时连叶包，缄封贮小竹篮。献来晓夜不停骖，一路里怕耽，望一站也么奔一站！

自家海南道使臣。只为杨娘娘爱吃鲜荔枝，俺海南所产，胜似涪州，因此敕与涪州并进。但是俺海南的路儿更远，这荔枝过了七日，香味便减，只得飞驰赶去。（鞭马重唱"一路里"

二句跑下）

【正宫】【十棒鼓】（外扮老田夫上）田家耕种多辛苦,愁旱又愁雨。一年靠这几茎苗,收来半要偿官赋,可怜能得几粒到肚！每日盼成熟,求天拜神助。

老汉是金城县东乡一个庄家。一家八口,单靠着这几亩薄田过活。早间听说进鲜荔枝的使臣,一路上捎着径道行走,不知踏坏了人家多少禾苗！因此,老汉特到田中看守。（望介）那边两个算命的来了。（小生扮算命瞎子手持竹板,净扮女瞎子弹弦子同行上）

【蛾郎儿】住褒城,走咸京,细看流年与五星。生和死,断分明,一张铁口尽闻名。瞎先生,真灵圣,叫一声赛神仙,来算命。

（净）老的,我走了几程,今日脚疼,委实走不动。不是算命,倒在这里挣命了。（小生）妈妈,那边有人说话,待我问他。（叫介）借问前面客官,这里是什么地方了？（外）这是金城东乡,与渭城西乡交界。（小生斜揖介）多谢客官指引。（内铃响,外望介）呀,一队骑马的来了。（叫介）马上长官,往大路上走,不要踏了田苗！（小生一面对净语介）妈妈,且喜到京不远,我每叫向前去,雇个毛驴子与你骑。

（重唱"瞎先生"三句走介）（末鞭马重唱前"巴得个"三句急上，冲倒小生、净下）（副净鞭马重唱前"一路里"二句急上，踏死小生下）（外跌脚向鬼门哭介）天啊，你看一片田禾，都被那厮踏烂，眼见的没用了。休说一家性命难存，现今官粮紧急，将何办纳！好苦也！（净一面作爬介）哎呀，踏坏人了，老的啊，你在那里？（作摸着小生介）呀，这是老的。怎么不做声，敢是踏昏了？（又摸介）哎呀，头上湿渌渌的。（又摸闻手介）不好了，踏出脑浆来了！（哭叫介）我那天呵，地方救命。（外转身作看介）原来一个算命先生，踏死在此。（净起斜福介）只求地方，叫那跑马的人来偿命。（外）哎，那跑马的呵，乃是进贡鲜荔枝与杨娘娘的。一路上来，不知踏坏了多少人，不敢要他偿命。何况你这一个瞎子！（净）如此怎了！（哭介）我那老的呵，我原算你的命，是要倒路死的。只这个尸首，如今怎么断送！（外）也罢，你那里去叫地方，就是老汉同你抬去埋了罢。（净）如此多谢，我就跟着你做一家儿，可不是好！（同抬小生）（哭，诨下）（丑扮驿卒上）

【黄钟】【小引】驿官逃，驿官逃，马死单单剩马臕。驿子有一人，钱粮没半分。拚受打和骂，将身去招架，将身去招架！

自家渭城驿中，一个驿子便是。只为杨娘娘爱吃鲜荔枝，六月初一是娘娘的生日，涪州、海南两处进贡使臣，俱要赶到。

路由本驿经过，怎奈驿中钱粮没有分文，瘦马刚存一匹。本官怕打，不知逃往那里去了，区区就便权知此驿。只是使臣到来，如何应付？且自由他！（末飞马上）

【羽调】【急急令】黄尘影内日衔山，赶赶赶，近长安。（下马介）驿子，快换马来。（丑接马、末放果篮、整衣介）（副净飞马上）一身汗雨四肢瘫，趱趱趱，换行鞍。

（下马介）驿子，快换马来。（丑接马，副净放果篮、与末见介）请了，长官也是进荔枝的？（末）正是。（副净）驿子，下程酒饭在那里？（丑）不曾备得。（末）也罢，我每不吃饭了，快带马来。（丑）两位爷在上，本驿只剩有一匹马，但凭一位爷骑去就是。（副净）咦，偌大一个渭城驿，怎么只有一匹马！快唤你那狗官来，问他驿马那里去了？（丑）若说起驿马，连年都被进荔枝的爷每骑死了。驿官没法，如今走了。（副净）既是驿官走了，只问你要。（丑指介）这棚内不是一匹么？（末）驿子，我先到，且与我先骑了去。（副净）我海南的来路更远，还让我先骑。（末作向内介）

【南吕】【怨麻郎】我只先换马，不和你斗口。（副净扯介）休恃强，惹着我动手。（末取荔枝在手介）你敢把我这荔枝乱丢！（副净取荔枝向末介）你敢把我这竹笼碎扭！（丑劝介）请罢休，免气吼，不如把这匹瘦马同骑一路走！（副净放荔枝打丑介）咄，胡说！

[前腔] 我只打你这泼腌臜死囚！（末放荔枝打丑介）我也打你这放刁顽贼头！（副净）克官马，嘴儿太油。（末）误上用，胆儿似斗。（同打介）（合）鞭乱抽，拳痛殴，打得你难捱，那马自有！

[前腔]（丑叩头介）向地上连连叩头，望台下轻轻放手。（末、副净）若要饶你，快换马来。（丑）马一匹驿中现有，（末、副净）再要一匹。（丑）第二匹实难补凑。（末、副净）没有只是打！（丑）且慢纽，请听剖，我只得脱下衣裳与你权当酒！

（脱衣介）（末）谁要你这衣裳！（副净作看衣、披在身上介）也罢，赶路要紧。我原骑了那马，前站换去。（取果上马，重唱前"一路里"二句跑下）（末）快换马来我骑。（丑）马在此。（末取果上马，重唱前"巴得个"三句跑下）（丑吊场）咳，杨娘娘，杨娘娘，只为这几个荔枝呵！

> 铁关金锁彻明开，　崔　液
> 黄纸初飞敕字回。　元　稹
> 驿骑鞭声书流电，　李　郢
> 无人知是荔枝来。　杜　牧

第十六出　舞　盘

【仙吕引子】【奉时春】（生引二内侍、丑随上）山静风微昼漏长，映殿角火云千丈。紫气东来，瑶池西望，翩翩青鸟庭前降。

朕同妃子避暑骊山。今当六月朔日，乃是妃子诞辰。特设宴在长生殿中，与他称庆，并奏《霓裳》新曲。高力士传旨后宫，宣娘娘上殿。（丑）领旨。（向内传介）（内应"领旨"介）（旦盛妆，引老旦、贴上）

【唐多令】日影耀椒房，花枝弄绮窗，门悬小帨赭罗黄。绣得文鸾成一对，高傍着五云翔。

（见介）臣妾杨氏见驾。愿陛下万岁，万万岁！（生）也妃子同之。（旦坐介）（生）紫云深处婺光明，（旦）带露灵桃倚日荣。（老旦、贴）岁岁花前人不老，（丑合）长生殿里庆长生。(生)今日妃子初度,寡人特设长生之宴,同为竟日之欢。(旦)薄命生辰,荷蒙天宠。愿为陛下进千秋万岁之觞。(丑)酒到。(旦拜,献生酒,生答赐,旦跪饮,叩头呼"万岁",坐介)

[高平过曲][八仙会蓬海][八声甘州](生)凤薰日朗,看一叶阶蓂,摇动炎光。华筵初启,南山遥映霞觞。[玩仙灯](合)果合欢,桃生千岁;花并蒂,莲开十丈。[月上海棠]宜欢赏,恰好殿号长生,境齐蓬阆。

(小生扮内监捧表上)手捧金花红榜子,齐来宝殿祝千秋。(见介)启万岁爷、娘娘,国舅杨丞相,同韩、虢、秦三国夫人,献上寿礼贺笺,在外朝贺。(丑取笺送生看介)(生)生受他每。丞相免行礼,回朝办事。三国夫人,候朕同娘娘回宫筵宴。(小生)领旨。(下)(净扮内监捧荔枝、黄袱盖上)正逢瑶圃十秋宴,进到炎州十八娘。(见介)启万岁爷,涪州、海南贡进鲜荔枝在此。(生)取上来。(丑接荔枝去袱、送上介)(生)妃子,朕因你爱食此果,特敕地方飞驰进贡。今日寿宴初开,佳果适至,当为妃子再进一觞。(旦)万岁!(生)宫娥每,进酒。(老贴进酒介)

[杯底庆长生][倾杯序][换头](旦)盈筐、佳果香,幸黄封远敕来川广。爱他浓染红绡,薄裹晶丸,入手清芬,沁

齿甘凉。[长生导引](合)便火枣、交梨应让,只合来万岁台前,千秋筵上,伴瑶池阿母进琼浆。

高力士,传旨李龟年,押梨园子弟上殿承应。(丑)领旨。(向内传介)(末引外、净、副净、丑各锦衣、花帽,应"领旨"上)红牙待拍筝排柱,催着红罗上舞筵,换戴柘枝新帽子,随班行到御阶前。(见介)乐工李龟年,押领梨园子弟,叩见万岁爷、娘娘。(生)李龟年,《霓裳》散序昨已奏过,《羽衣》第二叠可曾演熟?(末)演熟了。(生)用心去奏。(末)领旨。(起介)(暗下)(旦)妾启陛下,此曲散序六奏,止有歌拍而无流拍。中序六奏,有流拍而无促拍,其时未有舞态。

[八仙会蓬海][换头]只是悠扬,声情俊爽。要停住彩云,飞绕虹梁。至羽衣三叠,名曰饰奏。一声一字,都将舞态含藏。其间有慢声,有缠声,有衮声,应清圆,骊珠一串;有入破,有摊破,有出破,合裦娜氍毹千状;还有花犯,有道和,有傍拍,有间拍,有催拍,有偷拍,多音响;皆与慢舞相生,缓歌交畅。

(生)妃子所言,曲尽歌舞之蕴。(旦)妾制有翠盘一面,请试舞其中,以博天颜一笑。(生)妃子妙舞,寡人从未得见。永新、念奴,可同郑观音、谢阿蛮伏侍娘娘,上翠盘来者。(老旦、贴)领旨。(旦起福介)告退更衣。整顿衣裳重结束,一身飞上翠盘中。(引老旦、贴下)(生)高力士,传旨李龟年,领梨园子弟按谱奏乐。朕亲以羯鼓节之。(丑)领旨。(向内传介)(生起更衣,末、众在场内作乐介)(场上设翠盘,旦花冠、白绣袍、璎珞、锦云肩、翠袖、大红舞裙,老旦、贴同净、副净扮郑观音、谢阿蛮,各舞衣、白袍,执五彩霓旌、孔雀云扇,密遮旦簇上翠盘介)(乐止)(旌扇徐开,旦立盘中舞,老旦、贴、净、副净唱,丑跪捧鼓,生上坐击鼓,众在场内打细十番合介)

【羽衣第二叠】【画眉序】罗绮合花光,一朵红云自空漾。【皂罗袍】看霓旌四绕,乱落天香。【醉太平】安详,徐开扇影露明妆。【白练序】浑一似天仙,月中飞降。(合)轻扬,彩袖张,向翡翠盘中显伎长。【应时明近】飘然来又往,宛迎风菡萏,【双赤子】翩翩叶上。举袂向空如欲去,乍回身侧度无方。(急舞介)【画眉儿】盘旋跌宕,花枝招展柳枝扬,凤影高骞鸾影翔。【拗芝麻】体态娇难状,天风吹起,众乐缤纷响。【小桃红】冰弦玉柱声嘹亮,鸾笙象管音飘荡,【花药栏】恰合着羯鼓低昂。按新腔,度新腔,【怕春归】裊金裙,齐作留仙想。(生住鼓,丑携去介)【古轮台】舞住敛霞裳,(朝上拜介)重低颡,山呼万岁拜君王。

(老旦、贴、净、副净扶旦下盘介)(净、副净暗下)(生起,前携旦介)妙哉,舞也!逸态横生,浓姿百出。宛若盼风回

雪,恍如飞燕游龙,真独擅千秋矣。宫娥每,看酒来,待朕与妃子把杯。(老旦、贴奉酒,生擎杯介)

【千秋舞霓裳】【千秋岁】把金觞,含笑微微向,请一点点檀口轻尝。(付旦介)休得留残,休得留残,酬谢你舞怯腰肢劳攘。(旦接杯谢介)万岁!【舞霓裳】亲颁玉酝恩波广,惟惭庸劣怎承当!(生看旦介)俺仔细看他模样,只这持杯处,有万种风流殢人肠。

(生)朕有鸳鸯万金锦十匹,丽水紫磨金步摇一事,聊作缠头。(出香囊介)还有自佩瑞龙脑八宝锦香囊一枚,解来助卿舞佩。(旦接香囊谢介)万岁。(生携旦行介)

【尾声】(生)《霓裳》妙舞千秋赏,合助千秋祝未央。(旦)侥幸杀亲沐君恩透体香。

    (生)长生秘殿倚青苍, 吴 融
    (旦)玉醴还分献寿觞。 张 说
    (生)饮罢更怜双袖舞, 韩 翃
    (旦)满身新带五云香。 曹 唐

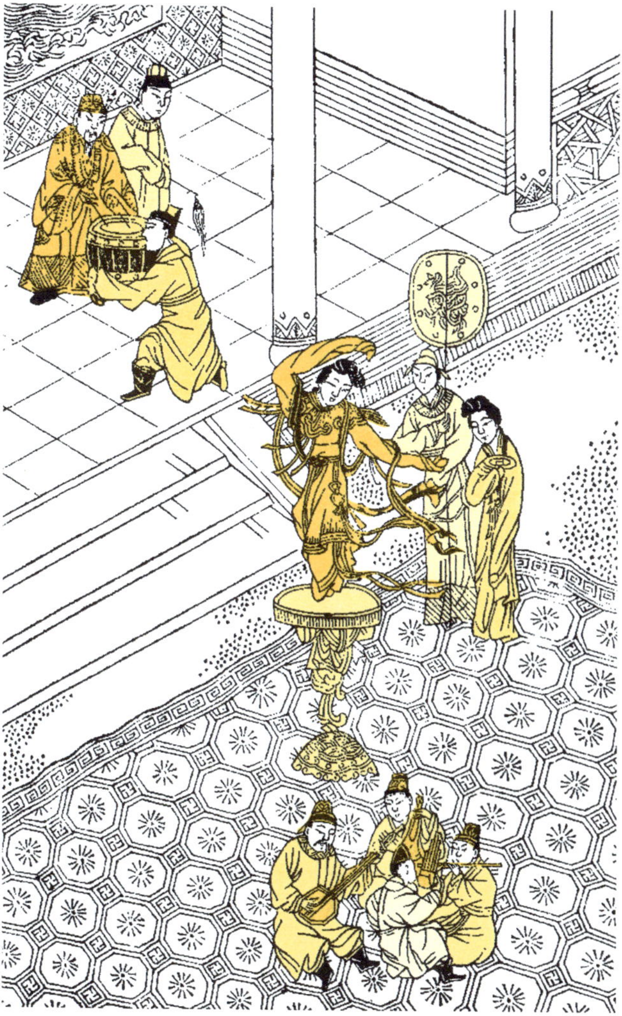

第十七出　合　围

（外末、副净、小生扮四番将上）（外）三尺镔刀耀雪光，（末）腰间明月角弓张。（副净）葡萄酒醉胭脂血，（小生）貂帽花添锦绣装。（外）俺范阳镇东路将官何千年是也。（末）俺范阳镇西路将官崔乾祐是也。（副净）俺范阳镇南路将官高秀岩是也。（小生）俺范阳镇北路将官史思明是也。（各弯腰见科）请了，昨奉王爷将令，传集我等，只得齐至帐前伺候。道犹未了，王爷升帐也。（内鼓吹、掌号科）（净戎装引番姬、番卒上）

【越调】【紫花拨四】 统貔貅雄镇边关，双眸觑破番和汉，掌儿中握定江山，先把这四周围爪牙迭办。

我安禄山夙怀大志，久蓄异谋。只因一向在朝，受封东平王爵，宠幸无双，富贵已极，咱的心愿倒也罢了。叵耐杨国忠那厮，与咱不合，出镇范阳。且喜跳出樊笼，正好暗图大事。俺家所辖，原有三十二路将官，番汉并用。性情各别，难以任为腹心。因此奏请一概俱用番将。如今大小将领，皆咱部落。（笑科）任意所为，都无所顾忌了。昨日传集他每俱赴帐前，这咱敢待齐也。（众进见科）三十二路将官参见。（净）诸将少礼。（众）请问王爷，传集某等，不知有何钧令？（净）众将官，目今秋高马壮，正好演习武艺。特召你等，同往沙地，大合围场，较猎一番。多少是好！（众）谨遵将令。（净）就此跨马前去。（同众作上马科）

【胡拨四犯】（净）紫缰轻挽，（合）双手把紫缰轻挽，骗上马，将盔缨低按。（行科）闪旗影云殷，没揣的动龙蛇，一直的通霄汉。按奇门布下了九连坏，觑定了这小中原在眼，消不得俺众路强蕃。（众四面立，净指科）这一员身材剽悍，那一员结束牢拴，这一员莽兀喇拳毛高鼻，那一员恶支沙雕目胡颜，这一员会急进格邦的弓开月满，那一员会滴溜扑磔的锤落星寒，这一员会咭吒克擦的枪风闪烁，那一员会悉力飒刺的剑雨澎滩，端的是人如猛虎离山涧，显英雄天可汗！（众行科）（合）振军威，扑通通鼓鸣，惊魂破胆；排阵势，韵悠悠角声，人疾马闲。抵多少雷轰电转，可正是海沸也那河翻。折末的铜作壁，铁作垒，有什么攻不破、攻不破也雄关！（净）这里地阔沙平，就此摆开围场，射猎一回者。（净同番姬立高处，众排围射猎下）（净）摆围场这间、这间，四下里来挤趱、挤趱。马蹄儿泼剌剌旋风赳，不住的把弓来紧弯,弦来急攀。一回呵滚沙场兔、鹿儿无头赶,都难动弹,就地里跪跧。(众射鸟兽上)(净)把鹰、犬放过去者。(众应,放鹰、犬科,跑下)(净)呀呀呀,疾忙里一壁厢把翅摩霄的玉爪腾空散,一壁厢把足驾雾的金猱逐路拦,霎时间兽积、兽积如山。(众上献猎物科)禀王爷:众将献杀。(净)打的鸟兽,散给众军。就此高坡上,把人马歇息片时。大家炙肉暖酒,番姬每歌的歌,舞的舞,洒落一回者。(众)得令。(同席地坐,番姬送净酒,众作拔刀割肉,提背壶斟酒,大饮啖科)(番姬弹琵琶、浑不是,众打太平鼓板)(合)斟起这酪浆儿,满满的浮金盏,满满的浮金盏。更把那连毛带血肉生餐,笑拥着番姬双颊丹,把琵琶忔楞楞弹也么弹,唱新声《菩萨蛮》。(净起科)吃了一会,酒醉肉饱。天色已晚,诸将各回汛地。须要整顿兵器,练习军马,听候将令便了。(众应科)得令。(同上马吹海螺,侧帽、摆手绕场疾行科)听罢了令,疾翻身跃登锦鞍,侧着帽、摆手轻儇。各自里回还,镇守定疆藩。摆搠些旗竿,装折着轮辐,听候传番,施逞凶顽。天降摧残,地起波澜,把渔阳凝盼,一飞羽箭,争赴兵坛,专等你个抱赤心的将军、将军来调拣。

(众下)(净)你看诸路番将,一个个人强马壮,眼见得的羽翼已成。(笑科)唐天子,唐天子,我怎当得也!

【煞尾】没照会，先去了那掣肘汉家官；有机谋，暗添上这助臂番儿汉。等不的宴华清《霓裳》法曲终，早看俺闹鼓鼙渔阳骁将反。

六州番落从戎鞍，　薛　逢
战马闲嘶汉地宽。　刘禹锡
倏忽抟风生羽翼，　骆宾王
山川龙战血漫漫。　胡　曾

第十八出　夜　怨

【正宫引子】【破齐阵】【破阵子头】(旦上)宠极难拚轻舍,欢浓分外生怜。【齐天乐】比目游双,鸳鸯眠并,未许恩移情变。【破阵子尾】只恐行云随风引,争奈闲花竞日妍,终朝心暗牵。

【清平乐】卷帘不语,谁识愁千缕?生怕韶光无定主,暗里乱催春去。心中刚自疑猜,那堪踪迹全乖。凤辇却归何处?凄凉日暮空阶。奴家杨玉环,久邀圣眷,爱结君心。叵耐梅精江采蘋,意不相下。恰好触忤圣上,将他迁置楼东。但恐采蘋巧计回天,皇上旧情未断,因此常自堤防。唉,江采蘋,江采蘋,非是我容你不得,只怕我容了你,你就容不得我也!今早圣上出朝,日色已暮,不见回宫,连着永新、念奴打听去了。此时情绪,好难消遣也!

【仙吕入双调】【风云会四朝元】【四朝元头】烧残香串,

深宫欲暮天。把文窗频启,翠箔高卷,眼儿几望穿。但常时此际,但常时此际,【会河阳】定早驾到西宫,执手齐肩。【四朝元】花映房栊,春生颜面,【驻云飞】百种耽欢恋。嗏,今夕问何缘,【一江风】芳草黄昏,不见承回辇?(内作鹦哥叫"圣驾来也"介)(旦作惊看介)呀,圣上来了!(作看介)呸,原来是鹦哥弄巧言,把愁人故相骗。【四朝元尾】只落得徘徊伫立,思思想想,画栏凭遍。

(老旦上)闻道君王前殿宿,内家各自撤红灯。(见介)启娘娘:万岁爷已宿在翠华西阁了。(旦呆介)有这等事!(泣介)

【前腔】君情何浅,不知人望悬!正晚妆慵卸,暗烛羞剪,待君来同笑言。向琼筵启处,向琼筵启处,醉月觞飞,梦雨床连。共命无分,同心不舛,怎蓦把人疏远!(老旦)万岁爷今夜偶不进宫,料非有意疏远,娘娘请勿伤怀!(旦)嗏,若不是情迁,便宿离宫,阿监何妨遣。我想圣上呵,从来未独眠,鸳衾厌孤展,怎得今宵枕畔,清清冷冷,竟无人荐!

(贴上)雪隐鹭鸶飞始见,柳藏鹦鹉语方知。(见介)娘娘,奴婢打听翠阁的事来了。(旦)怎么说?(贴)娘娘听启:奴婢方才呵,【月临江】悄向翠华西阁,守将时近黄昏,忽闻密旨遣黄门。(旦)遣他何处去呢?(贴)飞鞭乘戏马,灭烛召红裙。(旦急问介)召那一个?(贴)贬置楼东怨女,梅亭旧日妃嫔。(旦惊介)呀,这是梅精了。他来也不曾?(贴)须臾簇拥那佳人,暗中归翠阁。(老旦问介)此话果真否?(贴)消息探来真。(旦)唉,天那,原来果是梅精复复邀宠幸了。(做不语闷坐、掩泪介)(老旦、贴)娘娘请免愁烦。(旦)

【前腔】闻言惊颤,伤心痛怎言。(泪介)把从前密意,旧日恩眷,都付与泪花儿弹向天。记欢情始定,记欢情始定,愿似钗股成双,盒扇团圆。不道君心,霎时更变,总是奴当谴。喋,也索把罪名宣,怎教冻蕊寒葩,暗识东风面。可知道身虽在这边,心终系别院。一味虚情假意,瞒瞒昧昧,只欺奴善。

(贴)娘娘还不知道,奴婢听得小黄门说,昨日万岁爷在华萼楼上,私封珍珠一斛去赐他,他不肯受。回献一诗,有"长门自是无梳洗,何必珍珠慰寂寥"之句,所以致有今夜的事。(旦)哦,原来如此,我那里知道!

【前腔】他向楼东写怨,把珍珠暗里传。直恁的两情难割,不由我寸心如剪。也非咱心太褊,只笑君王见错;笑君王见错,把一个罪废残妆,认是金屋婵娟。可知我守拙鸾凰,斗不上争春莺燕!(老旦)万岁爷既不忘情于他,娘娘何不迎合上意,力劝召回。万岁爷必然欢喜,料他也不敢忘恩。(旦)唉,此语休提。他自会把红丝缠。喋,何必我重牵。只怕没头兴的媒人,反惹他憎贱。你二人随我到翠阁去来。(贴)娘娘去怎的?(旦)我到那里,看他如何逗媚妍,如何卖机变,取次把君情鼓动,颠颠倒倒,暗中迷恋。

(贴)奴婢想今夜翠阁之事,原怕娘娘知道。此时夜将三鼓,万岁爷必已安寝。娘娘猝然走去,恐有未便。不如且请安眠,到明日再作理会。(旦作不语,掩泪叹介)唉,罢罢,只今夜教我如何得睡也!

[尾声] 他欢娱只怕催银箭,我这里寂寥深院,只索背着灯儿和衣将空被卷。

紫禁迢迢宫漏鸣, 戴叔伦
碧天如水夜云生。 温庭筠
泪痕不与君恩断, 刘 阜
斜倚薰笼坐到明。 白居易

第十九出　絮　阁

（丑上）自闭昭阳春复秋，罗衣湿尽泪还流。一种蛾眉明月夜，南宫歌舞北宫愁。咱家高力士，向年奉使闽粤，选得江妃进御，万岁爷十分宠幸。为他性爱梅花，赐号梅妃，宫中都称为梅娘娘。自从杨娘娘入侍之后，宠爱日夺，万岁爷竟将他迁置上阳宫东楼。昨夜忽然托疾，宿于翠华西阁，遣小黄门密召到来。戒饬宫人，不得传与杨娘娘知道。命咱在阁前看守，不许闲人擅进。此时天色黎明，恐要送梅娘娘回去，只索在此伺候咱。（虚下）（旦行上）

【北黄钟】【醉花阴】一夜无眠乱愁搅，未拨白潜踪来到。往常见红日影弄花梢，软哈哈春睡难消，犹自压绣衾倒。今日呵，可甚的凤枕急忙抛，单则为那筹儿撇不掉。

（丑一面暗上望科）呀，远远来的，正是杨娘娘，莫非走漏了消息么？现今梅娘娘还在阁里，如何是好？（旦到科）（丑忙见科）奴婢高力士，叩见娘娘。（旦）万岁爷在那里？（丑）在阁中。（旦）还有何人在内？（丑）没有。（旦冷笑科）你开了阁门，待我进去看者。（丑慌科）娘娘且请暂坐。（旦坐科）（丑）奴婢启上娘娘：万岁爷昨日呵，

【南画眉序】只为政勤劳，偶尔违和厌烦扰。（旦）既是圣体违和，怎生在此驻宿？（丑）爱清幽西阁，暂息昏朝。（旦）在里面做甚？（丑）偃龙床，静养神疲。（旦）你在此何事？（丑）守玉户不容人到。（旦怒科）高力士，你待不容我进去么？（丑慌叩头科）娘娘息怒，只因亲奉君王命，量奴婢敢行违拗！

（旦怒科）哎，

【北喜迁莺】休得把虚脾来掉，嘴喳喳弄鬼妆幺。（丑）奴婢怎敢？（旦）焦也波焦，急的咱满心越恼。我晓得你今日呵，别有个人儿挂眼梢，倚着他宠势高，明欺我失恩人时衰运倒。（起科）也罢，我只得自把门敲。

（丑）娘娘请坐，待奴婢叫开门来。（做高叫科）杨娘娘来了，开了阁门者。（旦坐科）（生披衣引内侍上，听科）

【南画眉序】何事语声高，蓦忽将人梦惊觉。（丑又叫介）杨

娘娘在此，快些开门。（内侍）启万岁爷，杨娘娘到了。（生作呆介）呀，这春光漏泄，怎地开交？（内侍）这门还是开也不开？（生）慢着。（背介）且教梅妃在夹幕中，暂躲片时罢。（急下）（内侍笑介）哎，万岁爷，万岁爷，笑黄金屋怎样藏娇，怕葡萄架霎时推倒。（生上作伏桌介）内侍，我着床傍枕伴推睡，你索把兽环开了。

（内侍）领旨。（作开门介）（旦直入，见生介）妾闻陛下圣体违和，特来问安。（生）寡人偶然不快，未及进宫。何劳妃子清晨到此。（旦）陛下致疾之由，妾倒猜着几分了。（生笑介）妃子猜着何事来？（旦）

[北出队子] 多则是相思萦绕，为着个意中人把心病挑。（生笑科）寡人除了妃子，还有甚意中人？（旦）妾想陛下向来钟爱，无过梅精。何不宣召他来，以慰圣情牵挂。（生惊科）呀，此女久置楼东，岂有复召之理！（旦）只怕悄东君偷泄小梅梢，单只待望着梅来把渴消。（生）寡人那有此意。（旦）既不沙，怎得那一斛珍珠去慰寂寥！

（生）妃子休得多心。寡人昨夜呵，

[南滴溜子] 偶只为微疴，暂思静悄。恁兰心蕙性，慢多度料，把人无端奚落。（作欠伸介）我神虚懒应酬，相逢话

言少。请暂返香车,图个睡饱。

(旦作看介)呀,这御榻底下,不是一双凤舄么?(生急起,作欲掩介)在那里?(怀中掉出翠钿介)(旦拾看介)呀,又是一朵翠钿!此皆妇人之物,陛下既然独寝,怎得有此?(生作羞介)好奇怪!这是那里来的?连寡人也不解。(旦)陛下怎么不解?(丑作急态,一面背对内侍低介)呀,不好了,见了这翠钿、凤舄,杨娘娘必不干休。你每快送梅娘娘,悄从阁后破壁而出,回到楼东去罢。(内侍)晓得。(从生背后虚下)(旦)

【北刮地风】只这御榻森严宫禁遥,早难道有神女飞度中宵。则问这两般信物何人掉?(作将舄、钿掷地,丑暗拾科)(旦)昨夜谁侍陛下寝来?可怎生般凤友鸾交,到日三竿犹不临朝?外人不知呵,都只说殢君王是我这庸姿劣貌。那知道恋欢娱,别有个雨窟云巢!请陛下早出视朝,妾在此候驾回宫者。(生)寡人今日有疾,不能视朝。(旦)虽则是蝶梦余,鸯浪中,春情颠倒,困迷离精神难打熬,怎负他凤墀前鹄立群僚!

(旦作向前背立科)(丑悄上与生耳语科)梅娘娘已去了,万岁爷请出朝罢。(生点头科)妃子劝寡人视朝,只索勉强出去。高力士,你在此送娘娘回宫者。(丑)领旨。(向内科)摆驾。(内应科)(生)风流惹下风流苦,不是风流总不知。

（下）（旦坐科）高力士，你瞒着我做得好事！只问你这翠钿、凤舄，是那一个的？（丑）

【南滴滴金】告娘娘省可闲烦恼。奴婢看万岁爷与娘娘呵，百纵千随真是少。今日这翠钿、凤舄，莫说是梅亭旧日恩情好，就是六宫中新窈窕，娘娘呵，也只合佯装不晓，直恁破工夫多计较！不是奴婢擅敢多口，如今满朝臣宰，谁没有个大妻小妾，何况九重，容不得这宵！

【北四门子】（旦）呀，这非是衾裯不许他人抱，道的咱量似斗筲！只怪他明来夜去装圈套，故将人瞒的牢。（丑）万岁爷瞒着娘娘，也不过怕娘娘着恼，非有他意。（旦）把似怕我焦，则休将彼邀。却怎的劣云头只思别岫飘。将他假做抛，暗又招，转关儿心肠难料。

（作掩泪坐科）（老旦上）清早起来，不见了娘娘，一定在这翠阁中，不免进去咱。（作进见旦科）呀，娘娘呵，

【南鲍老催】为何泪抛，无言独坐神暗消？（问丑介）高公公，是谁触着他情性娇？（丑低介）不要说起。（作暗出钿、舄与老旦看介）只为见了这两件东西，故此发恼。（老旦笑，低介）如今那人呢？（丑）早已去了。（老旦）万岁爷呢？（丑）出去御朝了。永新姐，

你来得甚好,可劝娘娘回宫去罢。(老旦)晓得了。(回向旦介)娘娘,**你慢将眉黛颦,啼痕渗,芳心恼。晨餐未进过清早,怎自将千金玉体轻伤了?请回宫去,寻欢笑。**

(内)驾到。(旦起立介)(生上)媚处娇何限,情深妒亦真。且将个中意,慰取眼前人。寡人图得半夜欢娱,反受十分烦恼。欲待呵叱他一番,又恐他反道我偏爱梅妃,只索忍耐些罢。高力士,杨娘娘在那里?(丑)还在阁中。(老旦、丑暗下)(生作见旦,旦背立不语掩泣介)(生)呀,妃子,为何掩面不语?(旦不应介,生笑介)妃子休要烦恼,朕和你到华萼楼上看花去。(旦)

[北水仙子] **问、问、问、问华萼娇,怕、怕、怕、怕不似楼东花更好。有、有、有、有梅枝儿曾占先春,又、又、又、又何用绿杨牵绕。**(生)寡人一点真心,难道妃子还不晓得?(旦)**请、请、请、请真心向故交,免、免、免、免人怨为妾情薄。**(跪科)妾有下情,望陛下俯听。(生扶科)妃子有话,可起来说。(旦泣科)妾自知无状,谬窃宠恩。若不早自引退,诚恐谣诼日加,祸生不测。有累君德鲜终,益增罪戾。今幸天眷犹存,望赐斥放。陛下善视他人,勿以妾为念也。(泣拜科)**拜、拜、拜、拜辞了往日君恩天样高。**(出钗、盒科)这钗、盒是陛下定情时所赐,今日将来交还陛下。**把、把、把、把深情密意从头缴。**(生)这是怎么说?(旦)**省、省、**

省、省可自承旧赐，福难消。

（旦悲咽，生扶起科）妃子何出此言，朕和你两人呵！

【南双声子】情双好，情双好，纵百岁犹嫌少。怎说到，怎说到，平白地分开了。总朕错，总朕错，请莫恼，请莫恼。（笑觑旦介）见了你这颦眉泪眼，越样生娇。

妃子可将钗、盒依旧收好。既是不耐看花，朕和你到西宫闲话去。（旦）陛下诚不弃妾，妾复何言。（袖钗、盒，福生介）

【北尾煞】领取钗、盒再收好，度芙蓉帐暖今宵，重把那定情时心事表。

（生携旦并下）（丑复上）万岁爷同娘娘进宫去了。咱如今且把这翠钿、凤舄，送还梅娘娘去。

柳色参差映翠楼，　司马札
君王玉辇正淹留。　钱　起
岂知妃后多娇妒，　段成式
恼乱东风卒未休。　罗　隐

第二十出　侦　报

（外引末扮中军，四杂执刀棍上）出守岩疆典钜城，风闻边事实堪惊。不知忧国心多少，白发新添四五茎。下官郭子仪，叨蒙圣恩，擢拜灵武太守。前在长安，见安禄山面有反相，知其包藏祸心。不想圣上命彼出镇范阳，分明纵虎归山。却又许易番将，一发添其牙爪。下官自天德军升任以来，日夜担忧。此间灵武，乃是股肱重地，防守宜严。已遣精细哨卒，前往范阳采听去了。且待他来，便知分晓。

【双调】【夜行船】（小生扮探子，执小红旗上）两脚似星驰和电捷，把边情打听些些。急离燕山，早来灵武。（作进见外，一足跪叩科）向黄堂爆雷般唱一声高喏。

（外）探子，你回来了么？（小生）我肩挑令字小旗红，昼夜奔驰疾似风。探得边关多少事，从头来报主人公。（外）分付掩门。（众掩门科下）（外）探子，你探的安禄山军情怎地，

兵势如何？近前来，细细说与我听者。（小生）爷爷听启，小哨一到了范阳镇上呵，

【乔木鱼】见枪刀似雪，密匝匝铁骑连营列。端的是号令如山把神鬼慑。那知有朝中天子尊，单逞他将军令阃外咋嗻。

（外）那禄山在边关，近日作何勾当？（小生）

【庆宣和】他自请那番将更来，把那汉将撤，四下里牙爪排设。每日价跃马弯弓斗驰猎，把兵威耀也、耀也！

（外）还有什以举动波？（小生）

【落梅花】他贼行藏真难料，歹心肠忒肆邪。诱诸番密相勾结，更私招四方亡命者，巢窟内尽藏凶孽。

（外惊科）呀，有这等事！难道朝廷之上，竟无人奏告么？（小生）闻得一月前，京中有人告称禄山反状，万岁爷暗遣中使，去到范阳，瞰其动静。那禄山见了中使呵，

【风入松】十分的小心礼貌假装呆，尽金钱遍布盖奸邪。

把一个中官哄骗的满心悦,来回奏把逆迹全遮。因此万岁爷愈信不疑,反把告叛的人,送到禄山军前治罪。一任他横行傲桀,有谁人敢再弄唇舌!

（外叹介）如此怎生是了也!（小生）前日杨丞相又上一本,说禄山叛迹昭然,请皇上亟加诛戮。那禄山见了此本呵,

【拨不断】也不免脚儿跌,口儿嗟,意儿中忐忑,心儿里怯。不想圣旨倒说禄山诚实,丞相不必生疑。他一闻此信,便就呵呵大笑,骂这谗臣奈我耶,咬牙根誓将君侧权奸灭,怒轰轰急待把此仇来雪。

（外）呀,他要诛君侧之奸,非反而何?且住,杨相这本怎么不见邸抄?（小生）此是密本,原不发抄。只因杨丞相要激禄山速反,特着塘报抄送去的。（外怒科）唉,外有逆藩,内有奸相,好教人发指也!（小生）小哨还打听的禄山近有献马一事,更利害哩!

【离亭宴歇拍煞】他本待逞豺狼,魆地里思抄窃。巧借着献骅骝,乘势去行强劫。（外）怎么献马?可明白说来者。（小生）他遣何千年赍表,奏称献马三千匹,每马一匹,有甲士二人,又有二人御马,一人刍牧,共三五一万五千人,护送入京。一路里兵强马

劣,闹汹汹怎堤防!乱纷纷难镇压,急攘攘谁拦截。生兵入帝畿,野马临城阙,怕不把长安来闹者。(外惊科)唉,罢了,此计若行,西京危矣。(小生)这本方才进去,尚未取旨。只是禄山呵,他明把至尊欺,狡将奸计使,险备机关设。马蹄儿纵不行,狼性子终难帖,逗的鼙鼓向渔阳动也,爷爷呵,莫待传白羽始安排。小哨呵,准备闪红旗再报捷。

(外)知道了。赏你一坛酒,一腔羊,五十两花银,免一月打差。去罢。(小生叩头科)谢爷。(外)叫左右,开门。(众应上,作开门科)(小生下)(外)中军官。(末应科)(外)传令众军士,明日教场操演,准备酒席犒赏。(末)领钧旨。(先下)

(外)数骑渔阳探使回, 杜　牧
　　威雄八阵役风雷。 刘禹锡
(外)胸中别有安边计, 曹　唐
　　军令分明数举杯。 杜　甫

第二十一出 窥 浴

【仙吕入双调过曲】【字字双】(丑扮宫女上)自小生来貌天然,花面;宫娥队里我为先,扫殿。忽逢小监在阶前,胡缠;伸手摸他裤儿边,不见。

我做宫娥第一,标致无人能及。腮边花粉糊涂,嘴上胭脂狼藉。秋波俏似铜铃,弓眉弯得笔直。春纤十个擂槌,玉体浑身糙漆。柳腰松段十围,莲瓣滩船半只。杨娘娘爱我伶俐,选做《霓裳》部色。只因喉咙太响,歌时嘴边起个霹雳。身子又太狠伉,舞去冲翻了御筵桌席。皇帝见了发恼,打落子弟名籍。登时发到骊山,派到温泉殿中承值。昨日銮舆临幸,同杨娘娘在华清驻跸。传旨要来共浴汤池,只索打扫铺陈收拾。道犹未了,那边一个官人来也。

【雁儿舞】(副净扮宫女上)担阁青春,后宫怨女,漫跌脚捶胸,有谁知苦。拚着一世没有丈夫,做一只孤飞雁儿舞。

（见介）（丑）姐姐，你说什么《雁儿》舞！如今万岁爷，有了杨娘娘的《霓裳》舞，连梅娘娘的《惊鸿》舞，也都不爱了。（副净）便是。我原是梅娘娘的宫人。只为我娘娘，自翠阁中忍气回来，一病而亡，如今将我拨到这里。（丑）原来如此，杨娘娘十分妒忌，我每再休想有承幸之日。（副净）罢了。（丑）万岁爷将次到来，我和你且到外厢伺候去。（虚下）（末、小生扮内侍，引生、旦、老旦、贴随行上）

【羽调近词】【四季花】别殿景幽奇：看雕梁畔，珠帘外，雨卷云飞。逶迤，朱阑几曲环画溪，修廊数层接翠微。绕红墙，通玉扉。（末、小生）启万岁爷：到温泉殿了。（生）内侍回避。（末、小生应下）（生）妃子，你看清渠屈注，洄澜皱漪，香泉柔滑宜素肌。朕同妃子试浴去来。（老旦、贴与生、旦脱去大衣介）（生）妃子，只见你款解云衣，早现出珠辉玉丽，不由我对你、爱你、扶你、觑你、怜你！

（生携旦同下）（老旦）念奴姐，你看万岁爷与娘娘怎般恩爱，真令人羡杀也。（贴）便是。

【凤钗花络索】【金凤钗】（老旦）花朝拥，月夜偎，尝尽温柔滋味。【胜如花】（贴合）镇相连似影追形，分不开如刀划水。【醉扶归】千般搊纵百般随，两人合一副肠和胃。【梧叶

第二十一出 夏游 109

儿】密意口难提,写不迭鸳鸯帐,绸缪无尽期。(老旦)姐姐,我与你伏侍娘娘多年,虽睹娇容,未窥玉体。今日试从绮疏隙处,偷觑一觑何如?(贴)恰好,(同作向内窥介)【水红花】(合)悄悄窥,亭亭玉体,宛似浮波菡苕,含露弄娇辉。【浣溪纱】轻盈臂腕消香腻,绰约腰身漾碧漪。【望吾乡】(老旦)明霞骨,沁雪肌。【大胜乐】(贴)一痕酥透双蓓蕾,(老旦)半点春藏小麝脐。【天下乐】(贴)爱杀红巾罅,私处露微微。永新姐,你看万岁爷呵,【解三酲】凝睛睇,【八声甘州】恁孜孜含笑,浑似呆痴。【一封书】(合)休说俺偷眼宫娥魂欲化,则他个见惯的君王也不自持。【皂罗袍】(老旦)恨不把春泉翻竭,(贴)恨不把玉山洗颓,(老旦)不住的香肩呜嘬,(贴)不住的纤腰抱围,【黄莺儿】(老旦)俺娘娘无言匿笑含情对。(贴)意怡怡,【月儿高】灵液春风,淡荡恍如醉。【排歌】(老旦)波光暖,日影晖,一双龙戏出水池。【桂枝香】(合)险把个襄王渴倒阳台下,恰便似神女携将暮雨归。

(丑、副净暗上笑介)两位姐姐,看得高兴啊,也等我每看看。(老旦、贴)姐姐,我每伺候娘娘洗浴,有甚高兴。(丑、副净笑介)只怕不是伺候娘娘,还在那里偷看万岁爷哩。(老旦、贴)啐,休得胡说,万岁爷同娘娘出来也。(丑、副净暗下)
(生同旦上)

【仙吕】【二犯掉角儿】【掉角儿】出温泉新凉透体,睹玉容愈增光丽。最堪怜残妆乱头,翠痕干,晚云生腻。(老旦、贴与生、旦穿衣介)(旦作娇软态,老旦、贴扶介)(生)妃子,看你似柳含风,花怯露。软难支,娇无力,倩人扶起。(二内侍引杂推小车上)请万岁爷、娘娘上如意小车,回华清宫去。(生)将车儿后面随着。(二内侍)领旨。(生携旦行介)妃子,【排歌】朕和你肩相并,手共携,不须花底小车催,【东瓯令】趁扑面好风归。

【尾声】(合)意中人,人中意,则那些无情花鸟也情痴,一般的解结双头学并栖。

(生)花气浑如百和香, 杜 甫
(旦)避风新出浴盆汤; 王 建
(生)侍儿扶起娇无力, 白居易
(旦)笑倚东窗白玉床。 李 白

第二十二出　密　誓

【越调引子】【浪淘沙】（贴扮织女引二仙女上）云护玉梭儿，巧织机丝。天宫原不着相思，报道今宵逢七夕，忽忆年时。

【鹊桥仙】纤云弄巧，飞星传信，银汉秋光暗度。金风玉露一相逢，便胜却人间无数。柔肠似水，佳期如梦，遥指鹊桥前路。两情若是久长时，又岂在朝朝暮暮。吾乃织女是也。蒙上帝玉敕，与牛郎结为天上夫妇。年年七夕，渡河相见。今乃下界天宝十载，七月七夕。你看明河无浪，乌鹊将填，不免暂撤机丝，整妆而待。（内细乐扮乌鹊上，绕场飞介）（前场设一桥，乌鹊飞止桥两边介）（二仙女）鹊桥已驾，请娘娘渡河。（贴起行介）

【越调过曲】【山桃红】【下山虎头】俺这里乍抛锦字，暂驾香辀。（合）趁碧落无云滓，新凉暮飕，（作上桥介）踩上这桥影参差，俯映着河光净泚。【小桃红】更喜杀新月纤，华露滋，低绕着乌鹊双飞翅也，【下山虎尾】陡觉的银汉秋生别样姿。（做过桥介）（二仙女）启娘娘，已渡过河来了。（贴）星河之下，隐隐望见香烟一簇，摇扬腾空，却是何处？（仙女）是唐天子的贵妃杨玉环，在宫中乞巧哩。（贴）生受他一片诚心，不免同了牛郎，到彼一看。（合）天上留佳会，年年在斯，却笑他人世情缘顷刻时。（齐下）

【商调】【二郎神】（二内侍挑灯引生上）秋光静，碧沉沉轻烟送暝。雨过梧桐微做冷，银河宛转，纤云点缀双星。（内作笑声，生听介）顺着风儿还细听，欢笑隔花阴树影。内侍，是那里这般笑语？（内侍问介）万岁爷问，那里这般笑语？（内）是杨娘娘到长生殿去乞巧哩。（内侍回介）杨娘娘到长生殿去乞巧，故此笑语。（生）内侍每不要传报，待朕悄悄前去。撤红灯，待悄向龙墀觑个分明。（虚下）

【前腔】【换头】（旦引老旦、贴同二宫女各捧香盒、纨扇、瓶花、化生金盆上）宫庭，金炉篆霭，烛光掩映。米大蜘蛛厮抱定，金盘种豆，花枝招飐银瓶。（老旦、贴）已到长生殿中，巧筵齐备，请娘娘拈香。（作将瓶花、化生盆设桌上，老旦捧香盒，旦拈香介）妾身杨玉环，虔爇心香，拜告双星，伏祈鉴祐。愿钗盒情缘长久订，（拜介）莫使做秋风扇冷。（生潜上窥介）觑娉婷，只见他拜倒在瑶阶,暗祝声声。

(老旦、贴作见生介)呀,万岁爷到了。(旦急转,拜生介)(生扶起介)妃子在此,作何勾当?(旦)今乃七夕之期,陈设瓜果,特向天孙乞巧。(生笑介)妃子巧夺天工,何须更乞。(旦)惶愧。(生、旦各坐介)(老旦、贴同二宫女暗下)(生)妃子,朕想牵牛、织女隔断银河,一年才会得一度,这相思真非容易也。

【集贤宾】秋空夜永碧汉清,甫灵驾逢迎,奈天赐佳期刚半顷,耳边厢容易鸡鸣。云寒露冷,又趑上经年孤另。(旦)陛下言及双星别恨,使妾凄然。只可惜人间不知天上的事。如打听,决为了相思成病。(做泪介)

(生)呀,妃子为何掉下泪来?(旦)妾想牛郎织女,虽则一年一见,却是地久天长。只恐陛下与妾的恩情,不能够似他长远。(生)妃子说那里话!

【黄莺儿】仙偶纵长生,论尘缘也不恁争。百年好占风流胜,逢时对景,增欢助情,怪伊底事翻悲哽?(移坐近旦低介)问双星,朝朝暮暮,争似我和卿!

（旦）臣妾受恩深重，今夜有句话儿……（住介）（生）妃子有话，但说不妨。（旦对生呜咽介）妾蒙陛下宠眷，六宫无比。只怕日久恩疏，不免白头之叹！

【莺簇一金罗】【黄莺儿】提起便心疼，念寒微侍掖庭，更衣傍辇多荣幸。【簇御林】瞬息间，怕花老春无剩，【一封书】宠难凭。（牵生衣泣介）论恩情，【金凤钗】若得一个久长时，死也应；若得一个到头时，死也瞑。【皂罗袍】抵多少平阳歌舞，恩移爱更；长门孤寂，魂销泪零：断肠枉泣红颜命！

（生举袖与旦拭泪介）妃子，休要伤感。朕与你的恩情，岂是等闲可比。

【簇御林】休心虑，免泪零，怕移时，有变更。（执旦手介）做酥儿拌蜜胶粘定，总不离须臾顷。（合）话绵藤，花迷月暗，分不得影和形。

（旦）既蒙陛下如此情浓，趁此双星之下，乞赐盟约，以坚终始。（生）朕和你焚香设誓去。（携旦行介）

【琥珀猫儿坠】（合）香肩斜靠，携手下阶行。一片明河当

116 长生殿

殿横,(旦)罗衣陡觉夜凉生。(生)惟应和你悄语低言,海誓山盟。

> (生上香揖同旦福介)双星在上,我李隆基与杨玉环,(旦合)情重恩深,愿世世生生,共为夫妇,永不相离。有渝此盟,双星鉴之。(生又揖介)在天愿为比翼鸟,(旦拜介)在地愿为连理枝。(合)天长地久有时尽,此誓绵绵无绝期。(旦拜谢生介)深感陛下情重,今夕之盟,妾死生守之矣。(生携旦介)

【尾声】长生殿里盟私订。(旦)问今夜有谁折证?(生指介)是这银汉桥边,双双牛、女星。(同下)

【越调】【山桃红】(小生扮牵牛,云巾、仙衣,同贴引仙女上)只见他誓盟密矢,拜祷孜孜,两下情无二,口同一辞。(小生)天孙,你看唐天子与杨玉环,好不恩爱也!悄相偎,倚着香肩,没些缝儿。我与你既缔天上良缘,当作情场管领。况他又向我等设盟,须索与他保护。见了他恋比翼,慕并枝,愿生生世世情真至也,合令他长作人间风月司。(贴)只是他两人劫难将至,免不得生离死别。若果后来不背今盟,决当为之绾合。(小生)天孙言之有理。你看夜色将阑,且回斗牛宫去。(携贴行介)(合)天上留佳会,年年在斯,却笑他人世情缘顷刻时!

何用人间岁月催,罗　邺
星桥横过鹊飞回。李商隐
莫言天上稀相见,李　郢
没得心情送巧来。罗　隐

第二十三出　陷　关

【越调引子】【杏花天】（净领二番将，四军执旗上）狼贪虎视威风大，镇渔阳兵雄将多。待长驱直把潼函破，奏凯日齐声唱歌。

咱家安禄山，自出镇以来，结连塞上诸蕃，招纳天下亡命，精兵百万，大事可举。只因唐天子待我不薄，思量等他身后方才起兵。叵耐杨国忠那厮，屡次说我反形大著，请皇上急加诛戮。天子虽然不听，只是咱在边关，他在朝内，若不早图，终恐遭其暗算。因此假造敕书，说奉密旨，召俺领兵入朝诛戮国忠。乘机打破西京，夺取唐室江山，可不遂了我平生大愿！今乃黄道吉日，蕃将每，就此起兵前去。（众）得令。（发号行介）

【越调过曲】【豹子令】（净）只为奸臣酿大祸，（众）酿大祸，（净）致令边镇起干戈，（众）起干戈。（合）逢城攻打逢人剁，尸横遍野血流河，烧家劫舍抢娇娥。（喊杀下）

长生殿

[**水底鱼**]（丑白须扮哥舒老将引二卒上）年纪无多，刚刚八十过。渔阳兵至，认咱这老哥。自家老将哥舒翰是也，把守潼关。不料安禄山造反，杀奔前来，决意闭关死守。争奈监军内侍，立逼出战。势不由己，军士每，与我并力杀上前去。（卒）得令。（行介）（净领众杀上）（丑迎杀大战介）（净众擒丑绑介）（净）拿这老东西过来。我今饶你老命，快快献关降顺。（丑）事已至此，只得投降。（众推丑下）（净）且喜潼关已得，势如破竹，大小三军，就此杀奔西京便了。（众应，呐喊行介）跃马挥戈，精兵百万多。靴尖略动，踏残山与河，踏残山与河。

平旦交锋晚未休，王　建

动天金鼓逼神州。韩　翼

潼关一败番儿喜，司空图

倒把金鞭上酒楼。薛　逢

第二十四出　惊　变

（丑上）玉楼天半起笙歌，风送宫嫔笑语和。月殿影开闻夜漏，水晶帘卷近秋河。咱家高力士，奉万岁爷之命，着咱在御花园中安排小宴。要与贵妃娘娘同来游赏，只得在此伺候。（生、旦乘辇，老旦、贴随后，二内侍引，行上）

【北中吕】【粉蝶儿】天淡云闲，列长空数行新雁。御园中秋色斓斑：柳添黄，蘋减绿，红莲脱瓣。一抹雕阑，喷清香桂花初绽。

（到介）（丑）请万岁爷娘娘下辇。（生、旦下辇介）（丑同内侍暗下）（生）妃子，朕与你散步一回者。（旦）陛下请。（生携旦手介）（旦）

【南泣颜回】携手向花间，暂把幽怀同散。凉生亭下，风荷映水翩翻。爱桐阴静悄，碧沉沉并绕回廊看。恋香巢秋燕依人，睡银塘鸳鸯蘸眼。

（生）高力士，将酒过来，朕与娘娘小饮数杯。（丑）宴已排在亭上，请万岁爷、娘娘上宴。（旦作把盏，生止住介）妃子坐了。

【北石榴花】不劳你玉纤纤高捧礼仪烦，子待借小饮对眉山。俺与你浅斟低唱互更番，三杯两盏，遣兴消闲。妃子，今日虽是小宴，倒也清雅。回避了御厨中，回避了御厨中烹龙炰凤堆盘案，咿咿哑哑乐声催趱。只几味脆生生，只几味脆生生蔬和果清肴馔，雅称你仙肌玉骨美人餐。

妃子，朕与你清游小饮，那些梨园旧曲，都不耐烦听他。记得那年在沉香亭上赏牡丹，召翰林李白草《清平调》三章，令李龟年度成新谱，其词甚佳。不知妃子还记得么？（旦）妾还记得。（生）妃子可为朕歌之，朕当亲倚玉笛以和。（旦）领旨。（老旦进玉笛，生吹科）（旦按板科）

【南泣颜回】【换头】花繁，秾艳想容颜。云想衣裳光璨，新妆谁似，可怜飞燕娇懒。名花国色，笑微微常得君王看。向春风解释春愁，沉香亭同倚阑干。

（生）妙哉，李白锦心，妃子绣口，真双绝矣。宫娥，取巨觞来，朕与妃子对饮。（老旦、贴送酒介）

【北斗鹌鹑】（生）畅好是喜孜孜驻拍停歌，喜孜孜驻拍停歌，笑吟吟传杯送盏。妃子干一杯，（作照干科）不须他絮烦烦射覆藏钩，闹纷纷弹丝弄板。（又作照杯科）妃子，再干一杯。（旦）妾不能饮了。（生）宫娥每跪劝。（老旦、贴）领旨。（跪旦科）娘娘，请上这一杯。（旦勉饮介）（老旦、贴作连劝科）（生）我这里无语持觞仔细看，早只见花一朵上腮间。（旦作醉介）妾真醉矣。（生）一会价软哈哈柳嚲花欹，软哈哈柳嚲花欹，困腾腾莺娇燕懒。

妃子醉了，宫娥每，扶娘娘上辇进宫去者。（老旦、贴）领旨。（作扶旦起科）（旦作醉态呼科）万岁！（老旦、贴扶旦行）（旦作醉态科）

【南扑灯蛾】态恹恹轻云软四肢，影蒙蒙空花乱双眼，娇怯怯柳腰扶难起，困沉沉强抬娇腕，软设设金莲倒褪，乱松松香肩嚲云鬟，美甘甘思寻凤枕，步迟迟倩宫娥搀入绣帏间。

（老旦、贴扶旦下）（丑同内侍暗上）（内击鼓介）（生惊介）

第二十四回

何处鼓声骤发?(副净急上)渔阳鼙鼓动地来,惊破《霓裳羽衣》曲。(问丑介)万岁爷在那里?(丑)在御花园内。(副净)军情紧急,不免径入。(进见介)陛下,不好了。安禄山起兵造反,杀过潼关,不日就到长安了。(生大惊介)守关将士何在?(副净)哥舒翰兵败,已降贼了。(生)

【北上小楼】呀,你道失机的哥舒翰,称兵的安禄山,赤紧的离了渔阳,陷了东京,破了潼关。唬得人胆战心摇,唬得人胆战心摇,肠慌腹热,魂飞魄散,早惊破月明花粲。

卿有何策,可退贼兵?(副净)当日臣曾再三启奏,禄山必反,陛下不听,今日果应臣言。事起仓卒,怎生抵敌?不若权时幸蜀,以待天下勤王。(生)依卿所奏。快传旨,诸王百官,即时随驾幸蜀便了。(副净)领旨。(急下)(生)高力士,快些整备军马。传旨令右龙武将军陈元礼,统领羽林军士三千扈驾前行。(丑)领旨。(下)(内侍)请万岁爷回宫。(生转行叹科)唉,正尔欢娱,不想忽有此变,怎生是了也!

【南扑灯蛾】稳稳的宫庭宴安,扰扰的边廷造反。冬冬的鼙鼓喧,腾腾的烽火颤。的溜扑碌臣民儿逃散,黑漫漫乾坤覆翻,碜磕磕社稷摧残,碜磕磕社稷摧残。当不得萧萧飒飒西风送晚,黯黯的一轮落日冷长安。

(向内问介)宫娥每,杨娘娘可曾安寝?(老旦、贴内应介)已睡熟了。(生)不要惊他,且待明早五鼓同行。(泣介)天哪,寡人不幸,遭此播迁,累他玉貌花容,驱驰道路。好不痛心也!

【南尾声】在深宫兀自娇慵惯,怎样支吾蜀道难!(哭介)我那妃子啊,愁杀你玉软花柔,要将途路趱。

宫殿参差落照间,　卢　纶

渔阳烽火照函关。　吴　融

遏云声绝悲风起,　胡　曾

何处黄云是陇山。　武元衡

第二十五出 埋 玉

【南吕过曲】【金钱花】(末扮陈元礼引军士上)拥旌仗钺前驱,前驱;羽林拥卫銮舆,銮舆。匆匆避贼就征途。人跋涉,路崎岖。知何日,到成都。

下官右龙武将军陈元礼是也。因禄山造反,破了潼关。圣上避兵幸蜀,命俺统领禁军扈驾。行了一程,早到马嵬驿了。(内鼓噪介)(末)众军为何呐喊?(内)禄山造反,圣驾播迁,都是杨国忠弄权,激成变乱。若不斩此贼臣,我等死不扈驾。(末)众军不必鼓噪,暂且安营。待我奏过圣上,自有定夺。(内应介)(末引军重唱"人跋涉"四句下)(生同旦骑马,引老旦、贴、丑行上)

【中吕过曲】【粉孩儿】匆匆的弃宫闱珠泪洒,叹清清冷冷半张銮驾,望成都直在天一涯。渐行来渐远京华,五六搭剩水残山,两三间空舍崩瓦。

（丑）来此已是马嵬驿了，请万岁爷暂住銮驾。（生、旦下马，作进坐介）（生）寡人不道，误宠逆臣，致此播迁，悔之无及。妃子，只是累你劳顿，如之奈何！（旦）臣妾自应随驾，焉敢辞劳。只愿早早破贼，大驾还都便好。（内又喊介）杨国忠专权误国，今又交通吐蕃，我等誓不与此贼俱生。要杀杨国忠的，快随我等前去。（杂扮四军提刀赶副净上，绕场奔介）（军作杀副净，呐喊下）（生惊介）高力士，外面为何喧嚷？快宣陈元礼进来。（丑）领旨。（宣介）（末上见介）臣陈元礼见驾。（生）众军为何呐喊？（末）臣启陛下：杨国忠专权召乱，又与吐蕃私通。激怒六军，竟将国忠杀死了。（生作惊介）呀，有这等事。（旦作背掩泪介）（生沉吟介）这也罢了，传旨起驾。（末出传旨介）圣旨道来，赦汝等擅杀之罪。作速起行。（内又喊介）国忠虽诛，贵妃尚在。不杀贵妃，誓不扈驾。（末见生介）众军道，国忠虽诛，贵妃尚在，不肯起行。望陛下割恩正法。（生作大惊介）哎呀，这话如何说起！（旦慌牵生衣介）

【红芍药】（生）将军，国忠纵有罪当加，现如今已被劫杀。妃子在深宫自随驾，有何干六军疑讶。（末）圣谕极明，只是军心已变，如之奈何！（生）卿家，作速晓谕他，恁狂言没些高下。（内又喊介）（末）陛下啊，听军中恁地喧哗，教微臣怎生弹压！（旦哭介）陛下啊，

【耍孩儿】事出非常堪惊诧。已痛兄遭戮，奈臣妾又受波

查。是前生事已定,薄命应折罚。望吾皇急切抛奴罢,只一句伤心话。

(生)妃子且自消停。(内又喊介)不杀贵妃,死不扈驾。(末)臣启陛下:贵妃虽则无罪,国忠实其亲兄,今在陛下左右,军心不安。若军心安,则陛下安矣。愿乞三思。(生沉吟介)

【会河阳】无语沉吟,意如乱麻。(旦牵生衣哭介)痛生生怎地舍官家!(合)可怜一对鸳鸯,风吹浪打,直恁的遭强霸!(内又喊介)(旦哭介)众军逼得我心惊唬,(生作呆想,忽抱旦哭介)贵妃,好教我难禁架!

(众军呐喊上,绕场、围驿下)(丑)万岁爷,外厢军士已把驿亭围了。若再迟延,恐有他变,怎么处?(生)陈元礼,你快去安抚三军,朕自有道理!(末)领旨。(下)(生、旦抱哭介)(旦)

【缕缕金】魂飞颤,泪交加。(生)堂堂天子贵,不及莫愁家。(合哭介)难道把恩和义,霎时抛下!(旦跪介)臣妾受皇上深恩,杀身难报。今事势危急,望赐自尽,以定军心。陛下得安稳至蜀,妾虽死犹生也。算将来无计解军哗,残生愿甘罢,残生愿甘罢!(哭倒生怀介)

130 长生殿

（生）妃子说那里话！你若捐生，朕虽有九重之尊、四海之富，要他则甚！宁可国破家亡，决不肯抛舍你也！

【摊破地锦花】任谩咋，我一谜妆聋哑，总是朕差。现放着一朵娇花，怎忍见风雨摧残，断送天涯。若是再禁加，拚代你陨黄沙。

（旦）陛下虽则恩深，但事已至此，无路求生。若再留恋，倘玉石俱焚，益增妾罪。望陛下舍妾之身，以保宗社。（丑作掩泪，跪介）娘娘既慷慨捐生，望万岁爷以社稷为重，勉强割恩罢。（内又喊介）（生顿足哭介）罢，罢，妃子既执意如此，朕也做不得主了。高力士，只得但、但凭娘娘罢！（作硬咽、掩面哭下）（旦朝上拜介）万岁！（作哭倒介）（丑向内介）众军听着，万岁爷已有旨，赐杨娘娘自尽了。（众内呼介）万岁，万岁，万万岁！（丑扶旦起介）娘娘，请到后边去。（扶旦行介）（旦哭介）

【南吕引子】【哭相思】百年离别在须臾，一代红颜为君尽！

（转作到介）（丑）这里有座佛堂在此。（旦作进介）且住，待我礼拜佛爷。（拜介）佛爷，佛爷！念杨玉环呵，

【中吕过曲】【越恁好】 罪孽深重，罪孽深重，望我佛度脱咱。（丑拜介）愿娘娘好处生天。（旦起哭介）（丑跪哭介）娘娘，有甚话儿，分付奴婢几句。（旦）高力士，圣上春秋已高，我死之后，只有你是旧人，能体圣意，须索小心奉侍。再为我转奏圣上，今后休要念我了。（丑哭应介）奴婢晓得。（旦）高力士，我还有一言。（作除钗、出盒介）这金钗一对，钿盒一枚，是圣上定情所赐。你可将来与我殉葬，万万不可遗忘。（丑接钗盒介）奴婢晓得。（旦哭介）**断肠痛杀，说不尽恨如麻。**（末领军拥上）杨妃既奉旨赐死，何得停留，稽迟圣驾。（军呐喊介）（旦向前拦介）众军士不得近前，杨娘娘即刻归天了。（旦）唉，陈元礼，陈元礼，**你兵威不向逆寇加，逼奴自杀。**（军又喊介）（丑）不好了，军士每拥进来了。（旦看介）唉，罢、罢，这一株梨树，是我杨玉环结果之处了。（作腰间解出白练，拜介）臣妾杨玉环，叩谢圣恩。从今再不得相见了。（丑泣介）（旦作哭缢介）我那圣上啊，**我一命儿便死在黄泉下，一灵儿只傍着黄旗下。**（做缢死下）

（末）杨妃已死，众军速退。（众应同下）（丑哭介）我那娘娘啊！（下）（生上）六军不发无奈何，宛转蛾眉马前死。（丑持白练上，见生介）启万岁爷，杨娘娘归天了。（生作呆不应介）（丑又启介）杨娘娘归天了。自缢的白练在此。（生看大哭介）哎哟，妃子，妃子，兀的不痛杀寡人也！（倒介）（丑扶介）（生哭介）

第二十五回

【红绣鞋】当年貌比桃花,桃花;(丑)今朝命绝梨花,梨花。(出钗盒介)这金钗、钿盒,是娘娘分付殉葬的。(生看钗盒哭介)这钗和盒,是祸根芽。长生殿,恁欢洽;马嵬驿,恁收煞!

(丑)仓卒之间,怎生整备棺椁?(生)也罢,权将锦裀包裹。须要埋好记明,以待日后改葬。这钗盒就系娘娘衣上罢。(丑)领旨。(下)(生哭介)

【尾声】温香艳玉须臾化,今世今生怎见他!(末上跪介)请陛下起驾。(生顿足恨介)咳,我便不去西川也值甚么!(内呐喊、掌号,众军上)

【仙吕入双调】【朝元令】(丑暗上,引生上马行介)(合)长空雾粘,旌旆寒风刮。长征路淹,队仗黄尘染。谁料君臣,共尝危险。恨贼寇横兴逆焰,烽火相兼,何时得将豺虎歼。遥望蜀山尖,回将凤阙瞻,浮云数点,咫尺把长安遮掩,长安遮掩。

翠华西拂蜀云飞, 章　碣
天地尘昏九鼎危。 吴　融
蝉鬓不随銮驾起, 高　骈
空惊鸳鸯忽相随。 钱　起

第二十六出　献　饭

【黄钟引子】【西地锦】（生引丑上）懊恨蛾眉轻丧，一宵千种悲伤。早来慵把金鞭扬，午余玉粒谁尝。

寡人匆匆西幸，昨在马嵬驿中，六军不发。无计可施，只得把妃子赐死。（泪介）咳，空做一朝天子，竟成千古忍人。勉强行了一程，已到扶风地面。驻跸凤仪宫内，不免少息片时。（外扮老人持麦饭上）炙背可以见天子，献芹由来知野人。老汉扶风野老郭从谨是也。闻知皇上西巡，暂驻凤仪宫内。老汉煮得一碗麦饭，特来进献，以表一点敬心。（见丑介）公公，烦乞转奏一声，说野人郭从谨特来进饭。（丑传介）（生）召他进来。（外进见介）草莽小臣郭从谨见驾。（生）你是那里人？（外）念小臣呵，

【黄钟过曲】【降黄龙】生长扶风，白首躬耕，共庆时康。听蓦然变起，凤辇游巡，无限惊惶。聊将一盂麦饭，匍匐

向旗门陈上。愿吾君不嫌粗粝,野人供养。

(生)生受你了,高力士取上来。(丑接饭送生介)(生看介)寡人晏处深宫,从不曾尝着此味。

【前腔】【换头】寻常,进御大官,馔玉炊金,食前方丈,珍羞百味,犹兀自嫌他调和无当。(泪介)不想今日,却将此物充饥。凄凉、带麸连麦,这饭儿如何入嗓?(略吃便放介)抵多少滹沱河畔,失路萧王!

(外)陛下,今日之祸,可知为谁而起?(生)你道为着谁来?(外)陛下若赦臣无罪,臣当冒死直言。(生)但说不妨。(外)只为那杨国忠呵,

【前腔】【换头】猖狂,倚恃国亲,纳贿招权,毒流天壤。他与安禄山,十年构衅,一旦里兵戈起自渔阳。(生)国忠构衅,禄山谋反,寡人那里知道。(外)那安禄山呵,包藏祸心日久,四海都知逆状。去年有人上书,告安禄山逆迹,陛下反赐诛戮。谁肯再甘心铁钺,来奏君王。

(生作恨介)此乃朕之不明,以致于此。

【前腔】【换头】斟量，明目达聪，原是为君的理当察访。朕记得姚崇、宋璟为相的时节，把直言数进，万里民情，如在同堂。不料姚、宋亡后，满朝臣宰，一味贪位取容。郭从谨啊，倒不如伊行，草野怀忠，直指出逆藩奸相。（外）若不是陛下巡幸到此，小臣那里得见天颜。（生泪介）空教我噬脐无及，恨塞饥肠。

（外）陛下暂息龙体，小臣告退。（叹介）从饶白发千茎雪，难把丹心一寸灰。（下）（副净扮使臣、二杂抬彩上）

【中吕】【太平令】鸟道羊肠，春彩驮来驿路长。连山铃铎频摇响，看日近帝都旁。

自家成都道使臣，奉节度使之命，解送春彩十万匹到京。闻得驾幸扶风，不免就此进上。（向丑介）烦乞启奏一声，说成都使臣，贡春彩到此。（丑进奏介）（生）春彩照数收明，打发使臣回去。（二杂抬彩进介）（副净同二杂下）（生）高力士，可召集将士，朕有面谕。（丑）万岁爷宣召龙武军将士听旨。（众扮将士上）晓起听金鼓，宵眠抱玉鞍。龙武军将士叩见万岁爷。（生）将士每，听朕道来：

【前腔】变出非常，远避兵戈涉异方。劳伊仓卒随行仗，今日呵,别有个好商量。

(众)不知万岁爷有何谕旨?(生)

【黄钟】【黄龙衮】征人忆故乡,征人忆故乡,蜀道如天上。不忍累伊每,把妻儿父母轻撇漾。朕待独与子孙中官,慢慢的捱到蜀中。尔等今日,便可各自还家。省得跋涉程途,饥寒劳攘。高力士,可将使臣进来春彩,分给将士,以为盘费。没军资,分彩币,聊充饷。

(丑应分彩介)(众哭介)万岁爷圣谕及此,臣等寸心如割。自古养军千日,用在一朝。臣等呵,

【前腔】无能灭虎狼,无能灭虎狼,空愧熊罴将。生死愿从行,军声齐恃天威壮。这春彩,臣等断不敢受。请留待他时论功行赏,若有违心,皇天鉴,决不爽。

(生)尔等忠义虽深,朕心实有不忍,还是回去罢。(众)呀,万岁爷,莫不因贵妃娘娘之死,有些疑惑么?(生)非也,

【尾声】他长安父老多悬望,你每回去呵,烦说与翠华无恙。(众)万岁爷休出此言,臣等情愿随驾,誓无二心。(合)只待净扫

妖氛,一同返帝乡。

(生)天色已晚,今夜就此权驻。明日早行便了。(众)领旨。

　　　　万里飞沙咽鼓鼙,　钱　起
(丑)沉沉落日向山低。　骆宾王
(生)如今悔恨将何益,　韦　庄
(丑)更忍车轮独向西?　周　昙

第二十七出　冥　追

【商调过曲】【山坡五更】【山坡羊】（魂旦服色照前《埋玉》折，白练系颈上）恶噉噉一场喽罗，乱匆匆一生结果。荡悠悠一缕断魂，痛察察一条白练香喉锁。【五更转】风光尽，信誓捐，形骸涴。只有痴情一点、一点无摧挫，拼向黄泉，牢牢担荷。

我杨玉环随驾西行，刚到马嵬驿内，不料六军变乱，立逼投缳。（泣介）唉，不知圣驾此时到那里了！我一灵渺渺，飞出驿中，不免望着尘头，追随前去。（行介）

【北双调】【新水令】望銮舆才离了马嵬坡，咫尺间不能飞过。俺悄魂轻似叶，他征骑疾如梭。刚打个磨陀，翠旗尘又早被树烟锁。（虚下）

【南仙吕入双调】【步步娇】（生引丑、二内侍、四军拥行上）没揣倾城遭凶祸，去住浑无那。行行唤奈何，马上回头，两泪交堕。（丑）启万岁爷，前面就是驻跸之处了。（生叹介）唉，我已厌一身多，伤心更说甚今宵卧。（齐下）

【北折桂令】（旦行上）一停停古道逶迤，俺只索虚趁云行，弱倩风驮。（向内望科）呀，好了。望见大驾，就在前面也。这不是羽盖飘扬，鸾旌荡漾，翠辇嵯峨！不免疾忙赶上者。（急行科）愿一灵早依御座，便牢牢衮袖黄罗。（内鸣锣作风起科）（旦作惊退科）呀，我望着銮舆，正待赶上。忽然黑风处，遮断去路，影都不见了。好苦呵，暗蒙蒙烟障林阿，杳沉沉雾塞山河，闪摇摇不住徘徊，悄冥冥怎样腾挪？

（贴在内叫苦科）（旦）你看那边愁云苦雾之中，有个鬼魂来了，且闪过一边。（虚下）（贴扮虢国夫人魂上）

【南江儿水】艳冶风前谢，繁华梦里过。风流谁识当初我？玉碎香残荒郊卧，云抛雨断重泉堕。（二鬼卒上）唉，那里去？（贴）奴家虢国夫人。（鬼卒笑介）原来就是你。你生前也忒受用了，如今且随我到柱死城中去。（贴哭介）哎哟，好苦呵，怨恨如山堆垛。只问你多大幽城，怕着不下这愁魂一个！

（杂拉贴叫苦下）（旦急上看介）呀，方才这个是我裴家姊姊，也被乱兵所害了。兀的不痛杀人也！

【北雁儿落带得胜令】想当日天边夺笑歌，今日里地下同零落。痛杀俺冤由一命招，更不想惨累全家祸。呀，空落得提起着泪滂沱，何处把恨消磨！怪不得四下愁云裹，都是俺千声怨声啊。（望科）那边又是一个鬼魂，满身鲜血，飞奔前来。好怕人也！悲么，泣孤魂独自无回和。惊么，只落得伴冥途野鬼多。（虚下）

【南侥侥令】（副净扮杨国忠鬼魂跑上）生前遭劫杀，死后见阎罗。（牛头执纲叉，夜叉执铁锤、索上拦介）（副净跑下）（牛头、夜叉复赶上）杨国忠那里走？（副净）呀，我是当朝宰相，方才被乱兵所害。你每做甚，又来拦我？（牛头）奸贼，俺奉阎王之命，特来拿你。还不快走。（副净）那里去？（牛头、夜叉）向小小酆都城一座，教你去剑树与刀山寻快活。

（牛头拉副净，执叉叉背，夜叉锁副净下）（旦急上看介）阿呀，那不是我的哥哥。好可怜人也！（作悲介）

【北收江南】呀，早则是五更短梦，瞥眼醒南柯。把荣华抛却，只留得罪殃多。唉，想我哥哥如此，奴家岂能无罪？怕形消骨化，忏不了旧情魔。且住，一望茫茫，前行无路，不如仍旧到马嵬驿中去罢。（转行科）待重转驿坡，心又早怯懦。听了这归林暮雀，犹错认乱军呵。

（虚下）（副净扮土地上）地下常添枉死鬼，人间难觅返魂香。小神马嵬坡土地是也。奉东岳帝君之命，道贵妃杨玉环原系蓬莱仙子，今死在吾神界内。特命将他肉身保护，魂魄安顿，以候玉旨。不免寻他去来。（行科）

【南园林好】只他在翠红乡欢娱事过，粉香丛冤孽债多，一霎做电光石火。将肉质护泉窝，教魂魄守坟窠。（虚下）

【北沽美酒带太平令】（旦行上）度寒烟蔓草坡，行一步一延俄。（看科）呀，这树上写的有字，待我看来。（作念科）贵妃杨娘娘葬此。（作悲科）原来把我就埋在此处了。唉，玉环，玉环！（泣科）只这冷土荒堆树半棵，便是娉婷袅娜，落来的好巢窝。我临死之时，曾分付高力士，将金钗、钿盒与我殉葬，不知曾埋下否？怕旧物向尘埃抛堕，则俺这真情肯为生死差讹？就是果然埋下呵，还只怕这残尸败蜕，抱不牢同心并朵。不免叫唤一声，（叫科）杨玉环，你的魂灵在此。我啊，悄临风叫他、唤他。（泣科）可知道伊原是我，呀，直恁地推眠妆卧！

（副净上唤科）兀那啼哭的，可是贵妃杨玉环鬼魂么？（旦）奴家正是。是何尊神？乞恕冒犯。（副净）吾神乃马嵬坡土地。（旦）望尊神与奴做主咱。（副净）贵妃听吾道来：你本是蓬莱仙子，因微过谪落凡尘。今虽是浮生限满，旧仙山隔断红云。（代旦解白练科）吾神奉岳帝敕旨，解冤结免汝沉沦。（旦福科）多谢尊神，只不知奴与皇上，还有相见之么？（副净）此事非吾神所晓。（旦作悲科）（副净）贵妃，且在马嵬驿暂住幽魂，吾神去也。（下）（旦）苦啊，不免到驿中佛堂里，暂且栖托则个。（行科）

【南尾声】重来绝命庭中过，看树底泪痕犹渍。怎能勾飞去蓬山寻旧果！

土埋冤骨草离离，　储嗣宗

回首人间总祸机。　薛　能

云雨马嵬分散后，　韦　绚

何年何路得同归？　韦　庄

第二十八出　骂　贼

（外扮雷海青抱琵琶上）武将文官总旧僚，恨他反面事新朝。纲常留在梨园内，那惜伶工命一条。自家雷海青是也。蒙天宝皇帝隆恩，在梨园部内做一个供奉。不料禄山作乱，破了长安，皇帝驾幸西川去了。那满朝文武，平日里高官厚禄，荫子封妻。享荣华，受富贵。那一件不是朝廷恩典！如今却一个个贪生怕死，背义忘恩，争去投降不迭。只图安乐一时，那顾骂名千古。唉，岂不可羞，岂不可恨！我雷海青虽是一个乐工，那些没廉耻的勾当，委实做不出来。今日安禄山与这一班逆党，大宴凝碧池头，传集梨园奏乐。俺不免乘此，到那厮跟前，痛骂一场，出了这口愤气。便粉骨碎身，也说不得了。且抱着琵琶，去走一遭也呵！

【仙吕】【村里迓鼓】虽则俺乐工卑滥，砼砼愚暗，也不曾读书献策，登科及第，向鹓班高站。只这血性中，胸脯内，倒有些忠肝义胆。今日个睹了丧亡，遭了危难，值了变惨，不由人痛切齿，声吞恨衔。

【元和令】恨子恨泼腥膻莽将龙座淳，癞虾蟆妄想天鹅啖，生克擦直逼的个官家下殿走天南。你道恁胡行堪不堪？纵将他寝皮食肉也恨难剿。谁想那一班儿没揣三，歹心肠，贼狗男。

【上马娇】平日价张着口将忠孝谈，到临危翻着脸把富贵贪。早一齐儿摇尾受新衔，把一个君亲仇敌当作恩人感。咱，只问你蒙面可羞惭？

【胜葫芦】眼见的去做忠臣没个敢。雷海青呵，若不把一肩担，可不枉了戴发含牙人是俺。但得纲常无缺，须眉无愧，便九死也心甘。（下）

【中吕引子】【绕红楼】（净引二军士上）抢占山河号大燕，袍染赭，冠戴冲天。凝碧清秋，梨园小部，歌舞列琼筵。

孤家安禄山。自从范阳起兵，所向无敌，长驱西入，直抵长安。唐家皇帝，逃入蜀中去了，锦绣江山，归吾掌握。（笑介）好不快活！今日聚集百官，在凝碧池上做个太平筵宴，酒乐一回。内侍每，众官可曾齐到？（杂）都在外殿伺候。（净）宣过来。（军）领旨。（宣介）主上宣百官进见。（四伪官上）今日新天子，当时旧宰臣。同为识时者，不是负恩人。（见介）臣等朝见。愿主上万岁，万万岁！（净）众卿平身。孤家今日政务稍闲，特设宴在凝碧池上，与卿等共乐太平。（四伪官）万岁！（军）筵宴完备，请主上升宴。（内奏乐，四伪官跪送酒介）（净）

【中吕过曲】【尾犯序】龙戏碧池边，正五色云开，秋气澄鲜。紫殿逍遥，暂停吾玉鞭。开宴，走绯衣鸾刀细割；擅锦袖犀盘满献。（四伪官献酒再拜介）瑶池下，熊罴猰貐，拜送酒如泉。

（净）内侍每，传旨唤梨园子弟奏乐。（军）领旨。（向内介）主上有旨，着梨园子弟奏乐。（内应奏乐介）（军送净酒介）（合）

【前腔】【换头】当筵，众乐奏钧天。旧日《霓裳》，重按歌遍。半入云中，半吹落风前。稀见，除却了清虚洞府，只有那沉香亭院。今日个仙音法曲，不数大唐年。

（净）奏得好。（四伪官）臣想天宝皇帝，不知费了多少心力，教成此曲。今日却留与主上受用，真乃齐天之福也！（净笑介）众卿言之有理，再上酒来。（军送酒介）（外在内泣唱介）

【前腔】【换头】幽州鼙鼓喧，万户蓬蒿，四野烽烟。叶堕空宫，忽惊闻歌弦奇变，真个是天翻地覆，真个是人愁鬼怨。(大哭介)我那天宝皇帝呵，金銮上百官拜舞，何日再朝天？

(净)呀，什么人啼哭？好奇怪！(军)是乐工雷海青。(净)拿上来。(军拉外上见介)(净)雷海青，孤家在此饮太平筵宴，你敢擅自啼哭，好生可恶！(外骂介)唉，安禄山，你本是失机边将，罪应斩首。幸蒙圣恩不杀，拜将封王。你不思报效朝廷，反敢称兵作乱，秽污神京，逼迁圣驾。这罪恶贯盈，指日天兵到来诛戮，还说什么太平筵宴！(净大怒介)唉，有这等事。孤家入登大位，臣下无不顺从。量你这一个乐工，怎敢如此无礼！军士看刀伺候。(二军作应拔刀介)(外一面指净骂介)

【扑灯蛾】怪伊忒负恩，兽心假人面，怒发上冲冠。我虽是伶工微贱也，不似他朝臣腼腆。安禄山，你窃神器，上逆皇天，少不得顷刻间尸横血溅。(将琵琶掷净介)我掷琵琶，将贼臣碎首报开元。

(军夺琵琶介)(净)快把这厮拿去砍了。(军应，拿外砍下)(净)好恼，好恼！(四伪官)主上息怒。无知乐工，何足介意。(净)孤家心上不快，众卿且退。(四伪官)领旨。臣等恭送主上回宫。(跪送介)(净)酒逢知己千钟少,话不投机半句多。(怒下)(四伪官起介)杀得好,杀得好!一个乐工,思量做起忠臣来。难道我每吃太平宴的,倒差了不成!

【尾声】大家都是花花面,一个忠臣值甚钱。(笑介)雷海青,雷海青,毕竟你未戴乌纱识见浅!

三秦流血已成川,　罗　隐

为虏为王事偶然。　李山甫

世上何人怜苦节,　陆龟蒙

直须行乐不言旋。　薛　稷

第二十九出 闻 铃

（丑内叫介）军士每趱行，前面伺候。（内鸣锣，应介）（丑）万岁爷，请上马。（生骑马，丑随行上）

【双调近词】【武陵花】万里巡行，多少悲凉途路情。看云山重叠处，似我乱愁交并。无边落木响秋声，长空孤雁添悲哽。寡人自离马嵬，饱尝辛苦。前日遣使臣赍奉玺册，传位太子去了。行了一月，将近蜀中。且喜贼兵渐远，可以缓程而进。只是对此鸟啼花落，水绿山青，无非助朕悲怀。如何是好！（丑）万岁爷，途路风霜，十分劳顿。请自排遣，勿致过伤。（生）唉，高力士，朕与妃子，坐则并几，行则随肩。今日仓卒西巡，断送他这般结果，教寡人如何撇得下也！（泪介）提起伤心事，泪如倾。回望马嵬坡下，不觉恨填膺。（丑）前面就是栈道了，请万岁爷挽定丝缰，缓缓前进。（生）袅袅旗旌，背残日，风摇影。匹马崎岖怎暂停，怎暂停！只见阴云黯淡天昏暝，哀猿断肠，子规叫血，好教人怕听。兀的不惨杀人也么哥，兀的不苦杀人也么哥！萧条怎生，峨眉山下少人经，冷雨斜风扑面迎。

（丑）雨来了，请万岁爷暂登剑阁避雨。（生作下马、登阁坐介）（丑作向内介）军士每，且暂驻扎，雨住再行。（内应介）（生）独自登临意转伤，蜀山蜀水恨茫茫。不知何处风吹雨，点点声声进断肠。（内作铃响介）（生）你听那壁厢，不住的声响，聒的人好不耐烦。高力士，看是甚么东西。（丑）是树林中雨声，和着檐前铃铎，随风而响。（生）呀，这铃声好不做美也！

[前腔] 淅淅零零，一片凄然心暗惊。遥听隔山隔树，战合风雨，高响低鸣。一点一滴又一声，一点一滴又一声，和愁人血泪交相迸。对这伤情处，转自忆荒茔。白杨萧瑟雨纵横，此际孤魂凄冷。鬼火光寒，草间湿乱萤。只悔仓皇负了卿，负了卿！我独在人间，委实的不愿生。语娉婷，相将早晚伴幽冥。一恸空山寂，铃声相应，阁道崚嶒，似我回肠恨怎平！

（丑）万岁爷，且免愁烦。雨止了，请下阁去罢。（生作下阁、上马介，丑向内介）军士每，前面起驾。（众内应介）（丑随生行介）（生）

152 长生殿

【尾声】迢迢前路愁难罄,招魂去国两关情。(合)望不尽雨后尖山万点青。

(生)剑阁连山千里色,　骆宾王
离人到此倍堪伤。　罗　邺
空劳翠辇冲泥雨,　秦韬玉
一曲淋铃泪数行。　杜　牧

第三十出　情　悔

【仙吕入双调过曲】【普贤歌】（副净上）马嵬坡下太荒凉，土地公公也气不扬。祠庙倒了墙，没人烧炷香，福礼三牲谁祭享！

小神马嵬坡土地是也，向来香火颇盛。只因安禄山造反，本境人民尽皆逃散。弄得庙宇荒凉，香烟断绝。目今野鬼甚多，恐怕出来生事，且往四下里巡看一回。正是只因神倒运，常恐鬼胡行。（虚下）（魂旦上）

【双调引子】【捣练子】冤叠叠，恨层层，长眠泉下几时醒？魂断苍烟寒月里，随风窣窣度空庭。

一曲《霓裳》逐晓风，天香国色总成空。可怜只有心难死，脉脉常留恨不穷。奴家杨玉环鬼魂是也。自从马嵬被难，荷蒙岳帝传敕，得以栖魂驿舍，免堕冥司。（悲介）我想生前与皇上在西宫行乐,何等荣宠!今一旦红颜断送,白骨冤沉,冷驿荒垣,孤魂淹滞。你看月淡星寒,又早黄昏时分,好不凄惨也!

【南吕过曲】【三仙桥】古驿无人夜静,趁微云,移月暝,潜潜趑趑,暂时偷现影。蓦地间,心耿耿,猛想起我旧丰标,教我一想一泪零。想、想当日那态娉婷,想、想当日那妆艳靓,端得是赛丹青,描成画成。那晓得不留停,早则饥寒肉冷。(悲介)苦变做了鬼胡由,谁认得是杨玉环的行径!

(泪介)(袖出钗盒介)这金钗、钿盒,乃皇上定情之物,已从墓中取得。不免向月下把玩一回。(副净潜上指介)这是杨贵妃鬼魂,且听他说些什么。(背立听介)(旦看钗盒介)

【前腔】看了这金钗儿双头比并,更钿盒同心相映。只指望两情坚如金似钿,又怎知翻做断绠!若早知为断绠,枉自去将他留下了这伤心把柄。记得盒底夜香清,钗边晓镜明,有多少欢承爱领。(悲介)但提起那恩情,怎教我重泉目瞑!(哭介)苦只为钗和盒,那夕的绸缪,翻成做杨玉环这些时的悲哽。

(副净背听作点头介)(旦)咳,我杨玉环,生遭惨毒,死抱沉冤。或者能悔前愆,得有超拔之日,也未可知。且住,(悲介)只想我在生所为,那一桩不是罪案。况且弟兄姊妹,挟势弄权,罪恶滔天,总皆由我,如何忏悔得尽!不免趁此星月之下,对天哀祷一番。(对天拜介)

【前腔】对星月发心至诚,拜天地低头细省。皇天,皇天!念杨玉环呵,重重罪孽,折罚来遭祸横。今夜呵,忏愆尤,陈罪眚,望天天高鉴,宥我垂证明。只有一点那痴情,爱河沉未醒。说到此悔不来,惟天表证。纵冷骨不重生,拼向九泉待等。那土地说,我原是蓬莱仙子,谴谪人间。天呵,只是奴家恁般业重,敢仍望做蓬莱座的仙班,只愿还杨玉环旧日的匹聘。

(副净)贵妃,吾神在此。(旦)原来是土地尊神。(副净)

【越调】【忆多娇】我趁月明,独夜行。见你拜祷深深仔细听,这一悔能教万孽清。管感动天庭,感动天庭,有日重圆旧盟。

(旦)多蒙尊神鉴悯。只怕奴家呵,

【前腔】业障萦，夙慧轻。今夕徒然愧悔生，泉路茫茫隔上清。（悲介）说起伤情，说起伤情，只落得千秋恨成。

（副净）贵妃不必悲伤，我今给发路引一纸。千里之内，任你魂游便了。（作付路引介）听我道来，

【斗黑麻】你本是蓬莱籍中有名，为堕落皇宫，痴魔顿增。欢娱过，痛苦经，虽谢尘缘，难返仙庭。喜今宵梦醒，教你逍遥择路行。莫恋迷途，莫恋迷途，早归旧程。

【前腔】（旦接路引谢介）深谢尊神，与奴指明。怨鬼愁魂，敢望仙灵！（背介）今后呵，随风去，信路行。荡荡悠悠，日隐宵征。依月傍星，重寻钗盒盟。还怕相逢，还怕相逢，两心痛增。

（副净）吾神去也。

（旦）晓风残月正凄然， 韩　琮
（副净）对影闻声已可怜。 李商隐
（旦）昔日繁华今日恨， 司空图
（副净）只应寻访是因缘。 方　干

第三十一出　剿　寇

【中吕引子】【菊花新】（外戎装领四军上）谬承新命陟崇阶，挂印催登上将台。惭愧出群才，敢自许安危全赖。

建牙吹角不闻喧，三十登坛众所尊。家散万金酬士死，身留一剑答君恩。下官郭子仪，叨蒙圣恩，特拜朔方节度使，领兵讨贼。现今上皇巡幸西川，今上即位灵武。当此国家多事之秋，正我臣子建功之日。誓当扫清群寇，收复两京，再造唐家社稷，重睹汉官威仪，方不负平生志愿也。众将官，今乃黄道吉日，就此起兵前去。（众应，呐喊、发号启行介）（合）

【中吕过曲】【驮环着】拥鸾旗羽盖，蹴起尘埃。马挂征鞍，将披重铠，画戟雕弓耀彩。军令分明，争看取奋鹰扬堂堂元帅。端的是孙、吴无赛，管净扫妖氛毒害。机谋运，阵势排，一战收京，万方宁泰。（齐下）

【前腔】（丑末扮番将、引军卒行上）倚兵强将勇，倚兵强将勇，一鼓前来。阵似推山，势如倒海。不断征云霭霭，鬼哭神号，到处里染腥风，杀人如芥。自家大燕皇帝麾下大将史思明、何千年是也。唐家立了新皇帝，遣郭子仪杀奔前来。奉令着我二人迎敌。（末）闻得郭子仪兵势颇盛，我等二人分作两队。待一人与他交战，一人横冲出来，必获大胜。（丑）言之有理。大小三军，就此分队杀上前去。（四杂应做分行介）向两下分兵迎待，先一合拖刀佯败。磨旗惨，战鼓哀。奋勇先登，振威夺帅。

（末领众先下）（外领军上，与丑对战一合介）（丑）来将何名？（外）吾乃大唐朔方节度使郭。天兵到此，还不下马受缚，更待何时？（丑）不必多讲，放马过来。（战介）（丑败介）（走下）（末领卒上，截外战介）（外）来的贼将，快早投降。（末）郭子仪，你可赢得我么？（外）休得饶舌。（战介）（丑复上混战介）（丑、末大败逃下）（外）且喜贼将大败而逃，此去长安不远，连夜杀奔前去便了。（众）得令。（行介）

【添字红绣鞋】（合）三军笑口齐开，齐开；旌旗满路争排，争排。拥大将，气雄哉，合图画上云台。把军书忙裁，忙裁；捷奏报金阶，捷奏报金阶。

【尾声】两都早慰云霓待,九庙重瞻日月开,复立皇唐亿万载。

悲风杀气满山河,　白居易
师克由来在协和。　胡　曾
行望凤京旋凯捷,　贺　朝
千山明月静干戈。　杜荀鹤

第三十二出　哭　像

（生上）蜀江水碧蜀山青，赢得朝朝暮暮情。但恨佳人难再得，岂知倾国与倾城。寡人自幸成都，传位太子，改称上皇。喜的郭子仪兵威大振，指日荡平。只念妃子为国捐躯，无可表白，特敕成都府建庙一座。又选高手匠人，将旃檀香雕成妃子生像。命高力士迎进宫来，待寡人亲自送入庙中供养。敢待到也。（叹科）咳，想起我妃子呵，

【正宫】【端正好】是寡人昧了他誓盟深，负了他恩情广，生拆开比翼鸾凰。说什么生生世世无抛漾，早不道半路里遭魔障。

【滚绣球】恨寇逼的慌，促驾起的忙。点三千羽林兵将，出延秋，便沸沸扬扬。痛伤心第一程，到马嵬驿舍傍。猛地里爆雷般齐呐起一声的喊响，早子见铁桶似密围住四下里刀枪。恶嗷嗷单施逞着他领军元帅威能大，眼睁睁只逼

捡的俺失势官家气不长,落可便手脚慌张。

恨子恨陈元礼呵,

【叨叨令】不催他车儿马儿,一谜家延延挨挨的望;硬执着言儿语儿,一会里喧喧腾腾的谤;更排些戈儿戟儿,一哄中重重叠叠的上;生逼个身儿命儿,一霎时惊惊惶惶的丧。(哭科)兀的不痛杀人也么哥,兀的不痛杀人也么哥!闪的我形儿影儿,这一个孤孤凄凄的样。

寡人如今好不悔恨也!

【脱布衫】羞杀咱掩面悲伤,救不得月貌花庞。是寡人全无主张,不合呵将他轻放。

【小梁州】我当时若肯将身去抵搪,未必他直犯君王;纵然犯了又何妨,泉台上,倒博得永成双。

【幺篇】如今独自虽无恙,问余生有甚风光!只落得泪万行,愁千状!(哭科)我那妃子呵,人间天上,此恨怎能偿!

（丑同二宫女、二内监捧香炉、花幡，引杂抬杨妃像，鼓乐行上）（丑见生科）启万岁爷：杨娘娘宝像迎到了。（生）快迎进来波。（丑）领旨。（出科）奉旨：宣杨娘娘像进。（宫女）领旨。（做抬像进对生，宫女跪，扶像略俯科）杨娘娘见驾。（丑）平身。（宫女起科）（生起立对像哭科）我那妃子呵，

【中吕】【上小楼】别离一向，忽看娇样。待与你叙我冤情，说我惊魂，话我愁肠。（近前叫科）妃子，妃子，怎不见你回笑庞，答应响，移身前傍。（细看像大哭科）呀，原来是刻香檀做成的神像！

（丑）銮舆已备，请万岁爷上马，送娘娘入庙。（杂扮校尉，瓜、旗、伞、扇，銮驾队子上）（生）高力士传旨，马儿在左，车儿在右，朕与娘娘并行者。（丑）领旨。（生上马，校尉抬像排队引行科）（生）

【幺篇】谷碌碌凤车呵紧贴着行，袅亭亭龙鞭呵相对着扬。依旧的辇儿厮并，肩儿齐亚，影儿成双。情暗伤，心自想。想当时联镳游赏，怎到头来刚做了恁般随倡！

（到科）（丑）到庙中了，请万岁爷下马。（生下马科）内侍每，送娘娘进庙去者。（銮驾队子下）（内侍抬像，同宫女、丑随生进，生做入庙看科）

第三十二出 哭像

【满庭芳】我向这庙里抬头觑望，问何如西宫南苑，金屋辉光？那里有鸳帏、绣幕、芙蓉帐，空则见颤巍巍神幔高张，泥塑的宫娥两两，帛装的阿监双双。剪簇簇幡旌扬，招不得香魂再转，却与我摇曳吊心肠。

（坐前坐科）（丑）吉时已届，候旨请娘娘升座。（生）宫人每，伏侍娘娘升座者。（宫女应科）领旨。（内细乐，宫女扶像对生，如前略俯科）杨娘娘谢恩。（丑）平身。（生起立，内鼓乐，众扶像上座科）（生）

【快活三】俺只见宫娥每簇拥将，把团扇护新妆。犹错认定情初，夜入兰房。（悲科）可怎生冷清清独坐在这彩画生绡帐！

（丑）启万岁爷：杨娘娘升座毕。（生）看香过来。（丑跪奉香，生拈香科）

【朝天子】蓺腾腾宝香，映荧荧烛光，猛逗着往事来心上。记当日长生殿里御炉傍，对牛女把深盟讲。又谁知信誓荒唐，存殁参商！空忆前盟不暂忘。今日呵，我在这厢，你在那厢，把着这断头香在手添凄怆。

高力士看酒过来，朕与娘娘亲奠一杯者。（丑奉酒科）初赐爵。（生捧酒哭科）

【四边静】把杯来擎掌，怎能够檀口还从我手内尝。按不住凄惶，叫一声妃子也亲陈上。泪珠儿溶溶满觞，怕添不下半滴葡萄酿。

（丑接杯献座科）（生）我那妃子呵，

【耍孩儿】一杯望汝遥来享，痛煞煞古驿身亡。乱军中抔土便埋藏，并不曾漉半碗凉浆。今日呵，恨不诛他肆逆三军众，祭汝含酸一国殇。对着这云帏像，空落得仪容如在，越痛你魂魄飞扬。

（丑又奉酒科）亚赐爵。（生捧酒哭科）

【五煞】碧盈盈酒再陈，黑漫漫恨未央，天昏地暗人痴望。今朝庙宇留西蜀，何日山陵改北邙！（丑又接杯献座科）（生哭科）寡人呵，与你同穴葬，做一株冢边连理，化一对墓顶鸳鸯。

（丑又奉酒科）终赐爵。（生捧酒科）

【四煞】奠灵筵礼已终,诉衷情话正长。你娇波不动,可见我愁模样?只为我金钗钿盒情辜负,致使你白练黄泉恨渺茫。(丑接杯献科)(生哭科)向此际搥胸想,好一似刀裁了肺腑,火烙了肝肠。

(丑、宫女、内侍俱哭科)(生看像惊科)呀,高力士,你看娘娘的脸上,兀的不流出泪来了。(丑同宫女看科)呀,神像之上,果然满面泪痕,奇怪,奇怪!(生哭科)哎呀,我那妃子呵,

【三煞】只见他垂垂的湿满颐,汪汪的含在眶,纷纷的点滴神台上。分明是牵衣请死愁容貌,回顾吞声惨面庞。这伤心真无两,休说是泥人堕泪,便教那铁汉也肠荒!

(丑)万岁爷请免悲伤,待奴婢每叩见娘娘。(同宫女、内侍哭拜科)(生)

【二煞】只见老常侍双膝跪,旧宫娥伏地伤。叫不出娘娘千岁,一个个含悲向。(哭科)妃子呵,只为你当日在昭阳殿里施恩遍,今日个锦水祠中遗爱长。悲风荡,肠断杀数声杜宇,半壁斜阳。

第三十二出 哭像

（丑）请万岁爷与娘娘焚帛。（生）再看酒来。（丑奉酒焚帛，生酹酒科）

【一煞】叠金银山百座，化幽冥帛万张。纸铜钱怎买得天仙降？空着我衣沾残泪鹃留怨。不能勾魂逐飞灰蝶化双，蓦地里增悲怆。甚时见鸾骖碧汉，鹤返辽阳。

（丑）天色已晚，请万岁爷回宫。（生）宫娥，可将娘娘神帐放下者。（宫娥）领旨。（做下神幔，内暗抬像下科）（生）起驾。（丑应科）（生作上马，銮驾队子复上引行科）（生）

【煞尾】出新祠泪未收，转行宫痛怎忘？对残霞落日空凝望！寡人今夜呵，把哭不尽的衷情，和你梦儿里再细讲。

数点香烟出庙门，　曹　邺
巫山云雨洛川神。　权德舆
翠蛾仿佛平生貌，　白居易
日暮偏伤去住人。　封彦冲

第三十三出　神　诉

【仙吕入双调过曲】【柳摇金】（贴引二仙女、二仙官队子行上）工成玉杼，机丝巧殊，呈锦过天除。摇珮还星渚，云中引凤舆。却望着银河一缕，碧落映空虚。俯视尘寰，山川米聚。吾乃天孙织女是也。织成天锦，进呈上帝。行路中间，只见一道怨气，直冲霄汉。不知下界是何地方。（叫介）仙官，（仙官应介）（贴）你看这非烟非雾，怨气模糊，试问下方何处？

（仙官应，作看介）启娘娘，下界是马嵬坡地方。（贴）分付暂驻云车，即宣马嵬坡土地来者。（仙官应介，众拥贴高处坐介）（仙官向内唤介）马嵬坡土地何在？（副净应上）来也。

【越调】【斗鹌鹑】则俺在庙里安身，忽听得空中唤取。则他那天上宣差，有俺甚地头事务。（仙官唤科）土地快来。（副净）他不住的唱叫扬疾，唬的我慌忙急遽。只索把急张拘诸的袍袖来拂,乞留屈碌的腰带来束。整顿了这破丢不答的平顶头巾,扶定了那滴羞扑速的齐眉拐拄。

(见仙官科)仙官呼唤,有何使令?(仙官)织女娘娘呼唤你哩。(副净)

【紫花儿序】听说道唤俺的是天孙织女,我又不曾在河边去掌渡司桥,可因甚到坡前来觅路寻途?(背科)哦,是了波,敢只为云中驾过,道俺这里接待全疏,(哭科)待将咱这卑职来勾除。(回向仙官科)仙官可怜见波,小神官卑地苦,接待不周,特带得一陌黄钱在此,送上仙官,望在娘娘前方便咱。则看俺庙宇荒凉鬼判无,常只是尘蒙了神案,土塞在台基,草长在香炉。

(仙官笑科)谁要你的黄钱。娘娘有话向你哩,快去,快去!(引副净见介)(副净)马嵬坡土地叩见。愿娘娘圣寿无疆。(仙女)平身。(副净起科)(贴)土地,我在此经过,见你界上有怨气一道,直冲霄汉。是何缘故?(副净)娘娘听启:

【天净沙】这的是艳晶晶《霓裳》曲里娇姝,袅亭亭翠盘掌上轻躯。(贴)是那一个?(副净)是唐天子的贵妃杨玉环,碜磕磕黄土坡前怨屈,因此上痛咽咽幽魂不去,霭腾腾黑风

170　长生殿

在空际吹嘘。

> （贴）原来就是杨玉环。记得天宝十载渡河之夕，见他与唐天子在长生殿上，誓愿世为夫妇。如今已成怨鬼，甚是可怜。土地，你将死时光景说与我听者。（副净）

【调笑令】子为着往蜀侍銮舆，鼎沸般军声四下里呼。痛红颜不敢将恩负，哭哀哀拜辞了君主。一霎时如花命悬三尺组，生擦擦为国捐躯。

> （贴）怎生为国捐躯，你再细细说来。（副净）

【小桃红】当日个闹镬铎激变羽林徒，把驿庭四面来围住。若不是慷慨佳人将难轻赴，怎能够保无虞，扈君王直向西川路，使普天下人心悦服。今日里中兴重睹，兀的不是再造了这皇图。

> （贴）虽如此说，只是以天下为主，不能庇一妇人，长生殿中之誓安在？李三郎畅好薄情也。（副净）娘娘，那杨妃呵，

【秃厮儿】并不怨九重上情违义忤，单则捱九泉中恨债冤逋。痛只痛情缘两断不再续，常则是悲此日，忆当初，欷歔。

（贴）他可说些甚来？（副净）

【圣药王】他道是恩已虚，爱已虚，则那长生殿里的誓非虚。就是情可辜，意可辜，则那金钗、钿盒的信难辜。拚抱恨守冥途。

（贴）他原是蓬莱仙子，只因夙孽，迷失本真。今到此地位，还记得长生殿中之誓。有此真情，殊堪鉴悯。（副净）再启娘娘：杨妃近来，更自痛悔前愆。（贴）怎见得？（副净）

【麻郎儿】他夜夜向星前扪心泣诉，对月明叩首悲吁。切自悔愆尤积聚，要祈求罪业消除。

【幺篇】因此上怨呼，恨吐，意苦。虽不能贯白虹上达天都，早则是结紫字冲开地府。不堤防透青霄横当仙路。

（贴）原来如此。既悔前非，诸愆可释。吾当保奏天庭，令他复归仙位便了。（副净）娘娘呵，

【络丝娘】虽则保奏他仙班再居，他却还有痴情几许。只恐到仙宫，但孤处，愿永证前盟夫妇。

（贴）是儿好情痴也。你且回本境，吾自有道理。（副净）领法旨。

【尾声】代将情事分明诉，幸娘娘与他做主。早则看马嵬坡少一个苦游魂，稳情取蓬莱山添一员旧仙侣。（下）

（贴）分付起驾，回璇玑宫去。（众应引行介）

【仙吕入双调过曲】【金字段】【金字令】红颜薄命，听说真冤苦。黄泉长恨，听说多酸楚。更抱贞心，初盟不负。【三段字】悔深顿令真元露，情坚炼出金丹固，只合登仙，把人天恨补。

往来朝谒蕊珠宫，赵　嘏
乌鹊桥成上界通。刘　威
纵目下看浮世事，方　干
君恩已断尽成空。卢　弼

第三十四出　刺　逆

（丑扮李猪儿太监帽、毡笠、箭衣上）小小身材短短衣，高檐能走壁能飞。怀中匕首无人见，一皱眉头起杀机。自家李猪儿便是，从小在安禄山帐下。见俺人材俊俏，性格聪明，就与儿子一般看待。一日禄山醉后，忽然现出猪首龙身，自道是个猪龙，必有天子之分。因此把俺名字，就顺口唤做猪儿。不想他如今果然做了皇帝，却宠爱着段夫人，要立他儿子庆恩为太子。眼见这顶平天冠，不要说俺李猪儿没福戴他，就是他长子大将军庆绪，也轮不到头上了。因此大将军心怀忿恨，与俺商量，要俺今夜入宫行刺。唉，安禄山，安禄山，你受了唐天子那样大恩，尚且兴兵反叛，休怪俺李猪儿今日反面无情也。（内打二更介）你听，谯楼已打二鼓，不免乘此夜静，沿着宫墙前去走一遭也呵。（行介）

【双调】【二犯江儿水】阴森夹道，行不尽阴森夹道，更深人静悄。（内作鸟声介）怕惊飞宿鸟，（内作犬吠介）犬吠哗哗，祸机儿包贮好。（内打更介）那边巡军来了，俺且闪在大树边，躲避一回。(躱介)(小生、末、中净、老旦扮四军，巡更上)百万军中人四个，九重门外月三更。(末)大哥每，你看那御河桥树枝，为何这般乱动？(老)莫不有甚奸细在内。(中净)这所在那得有奸细，想是柳树成精了。(小生)呸，你每不听得风起么？(众)不要管，一路巡去就是了。(绕场走下)(丑出行介)好唬人也。只见刁斗暗中敲，巡军过御桥。星影云飘，月影花摇，险些儿漏风声难自保。一路行来，此处已近后殿，不免跳过墙去。苑墙恁高，那怕他苑墙恁高，翻身一跳，(作跳过介)已被俺翻身一跳。(内作乐介)你听，恁般时候，还有笙歌之声。喜得宫中都是熟路，且自慢慢而去。等待他醉模糊把锦席抛。

(虚下)(净作醉态，老旦、中净、二宫女扶侍，二杂扮内侍提灯上)(净)孤家醉了，到便殿中安息去罢。(杂引净到介)(净坐介)(二杂先下)(净)官娥，段夫人可曾回宫？(老旦、中净)回宫去了。(净)看茶来吃。(老旦、中净应下)(净作醒叹介)唉，孤家原不曾醉。只为打破长安之后，便想席卷中原。不料名路诸将，连被郭子仪杀得大败，心中好生着急。又因爱恋段夫人，酒色过度，不但弄得孤家身子疲软，连双目都不见了。因此今夜假装酒醉，令他回宫，孤家自在便殿安寝，暂且将息一宵。(老旦、中净捧茶上)皇爷，茶在此。(净作饮介)(内打三更介)(中净)夜已三更，请皇爷安寝罢。(净)官娥每，把殿门紧闭了。(老旦、中净应作闭门介)(净睡介)(老旦、中净坐地盹介)(净作惊介)为何今晚睡卧不宁,只管肉飞眼跳。(叫介)宫娥,宫娥!(中净惊醒介)想是皇爷独眠不惯,在那里唤人哩。姐姐你去。(老旦)姐姐,还是你去。(推诿介)(净又叫介)宫娥,是什么人惊醒孤家?(老旦、中净)没有人。(净)传令外面军士,小心巡逻。(老旦、中净)领旨。(作开门出,向内传介)(内应介)(老旦、中净进,忘闭门,复坐地盹介)(净做睡不着介)又记起一事来,段夫人要孤家立他的儿子庆恩为太子,这事明日也要定了。(做睡着介)(丑潜上)俺李猪儿在黑影儿等了多时。才听得笙歌散后,段夫人回宫,说禄山醉了在便殿安息。是好机会也呵。(行介)

【前腔】潜身行到,悄不觉潜身行到。(内喊小心巡回介)巡更的空闹吵,怎知俺宫闱暗绕,苑路斜抄,凑昏君沉醉倒。这里已是便殿了。且喜门儿半开在此,不免捱身而入。(进介)莫把兽环摇,(作听介)听鼾声殿角高。你看守宿的宫女,都是睡着。(作剔灯介)咱别醒兰膏,(揭帐介)揭起鲛绡,(出刀介)管教他泼残生登时了。(净作梦语,丑惊伏地,徐起细听介)梦中絮叨,原来是梦中絮叨。(内打四更介)残更频报,趁着这残更频报,赤紧的向心窝一刀。

(刺净急下)(净作大叫一声跌地,连跳作死介)(老旦、中净惊醒介)那里这般响动?(看介)阿呀,不好了!(向外叫介)外厢值宿军士快来。(四杂军上)为何大惊小怪?(老旦、中净）皇爷忽然梦中大叫，急起看时，只见鲜血满身，倒在地下。（四杂）有这等事！（作进看介）呀，原来被人刺中心窝而死。好奇怪，我每紧守外厢，还有许多巡军拦路，这贼从那里进来？毕竟是你每做出来的。（老旦、中净）好胡说，你每在外厢护卫，放了贼进来。明日大将军查问，少不得一个个都是死。（军）难道你每就推得干净？（诨介）（杂扮将官上）凶音来紫殿，令旨出青宫。大将军有令：主上被唐朝郭子仪遣人刺死，即着军士抬往段夫人宫中收殓，候大将军即位发丧。（四杂）得令。（抬尸下）（老旦、中净向内介）

鱼文匕首犯车茵，　刘禹锡

当值巡更近五云。　王　建

胸陷锋芒脑涂地，　陆龟蒙

已无踪迹在人群。　赵　嘏

第三十五出　收　京

【仙吕过曲】【甘州歌】【八声甘州】（外金盔、袍服，生、小生、净、末扮四将各骑马，二卒执旗行上）宣威进讨，喜日明帝里，风静皇郊。欃枪涤尽，看把乾坤重造。扬鞭漫将金镫敲，整顿中兴事正饶。（外）下官郭子仪，奉命统兵讨贼。且喜禄山授首，庆绪奔逃，大小三军就此振旅进城去。（众应行介）【排歌】收驰辔，近吊桥，只见长安父老拜前旄。欢声动，笑语高，卖将珠串奉香醪。

（到介）（众）启元帅，已进京城。请在龙虎卫衙门，权时驻扎。（外、众下马作进，外正坐，四将傍坐介）（外）忆昔长安全盛时，（生、小生）今朝重到不胜悲。（净、末）漫挥满目河山泪，（外）始悟新丰壁上诗。（四将）请问元帅，什么新丰壁上诗？（外）诸将不知，本镇当年初到西京，偶见酒楼壁上，有术士李遐周题诗一首。（四将）题的是何诗句？（外）那诗上说："燕市人皆去，函关马不归。若逢山下鬼，环上系罗衣。"（四将）这却怎么解？（外）当时也详解不出。如今看来，却句句可验了。（将）请道其详。（外）禄山统燕、蓟军马，入犯两京，可不是"燕市人皆去"么？后来哥舒兵败潼关，正是"函关马不归"了。（四将）是，果然不差。后面两句，却又何解？（外）"山下鬼"者，"嵬"字也。"环"乃贵妃之名，恰应马嵬赐死之事。（四将）原来如此，可见事皆前定。今仗元帅洪威，重收宫阙，真乃不世之勋也。（外叹介）唉，西京虽复，只是天子暂居灵武，上皇远狩成都；千官尚窜草莱，百姓未归田里。必先肃清宫禁，洒扫园陵。务使钟虡不移，庙貌如故。上皇西返，大驾东回。才完得我郭子仪身上的事也。（四将打恭介）全仗元帅。只手重扶唐社稷，一肩独荷李乾坤。（外）说便这般说，这中兴事，大费安排。诸公何以教我？（四将）不敢。（外）

【商调】【高阳台】九庙灰飞，诸陵尘暗，腥膻满目狼藉。久阙宫悬，伤心血泪时滴。（合）今日、妖氛幸喜消尽也，索早自扫除修葺。（外）左营将官过来。（生）有。（外）你将这令箭一枝，前去星夜雇募人夫扫除陵寝，修葺宗庙，候圣驾回来致祭。（合）待春园，樱桃熟绽，荐陈时食。

（外付令箭，生收介）领钧旨。（末）元帅在上，帝京初复，十室九空。为今要务，先当招集流移，使安故业。（外）言之然也。

180 长生殿

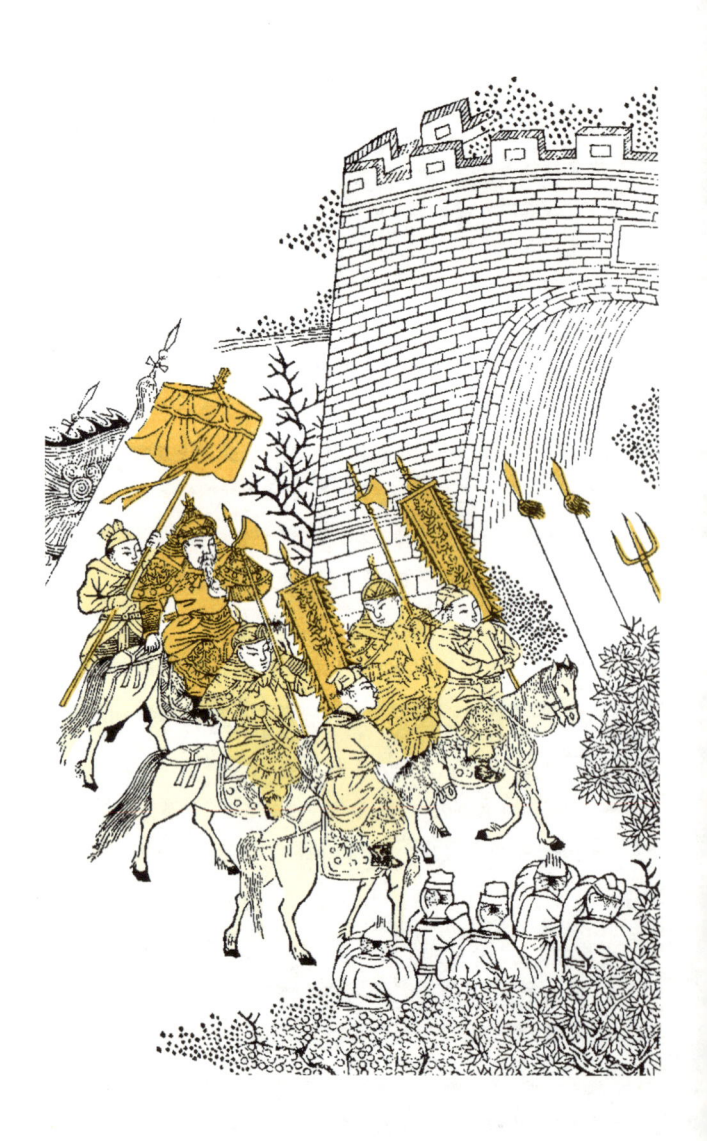

【前腔】【换头】堪惜，征调千家，流离百室。哀鸿满路悲戚，须早招徕。间阎重见盈实。（合）安辑，春深四野农事早，恰趁取甲兵初释。（外）右营将官过来。（小生）有。（外）你将这令箭一枝，前去出榜安民，复归旧业。（合）遍郊圻，安宁妇子，勉修耕织。

（外付令箭，小生接介）领钧旨。（净）元帅在上，国家新造，纲纪宜张，还须招致旧臣，共图更始。（外）此言正合我意。

【前腔】【换头】虽则，暂总纲维，独肩弘巨，同心早晚协力。百尔臣工，安危须仗奇策。（合）欣得，南阳已自佳气满，好共把旧章重饬。（外）后营将官过来。（末）有。（外）你将这令箭一枝，榜示百官，限三日内，齐赴军前，共襄国事。（合）佐中兴升平泰运，景从云集。

（外付令箭，末接介）领钧旨。（生、小生）元帅在上，长安久无天日，士民渴仰圣颜。庶政以渐举行，銮舆必先反正。（外）二位所言，乃中兴大本也。本镇早已修下迎驾表文在此。

【前腔】【换头】目极，云蔽行宫，尘蒙西蜀，臣心夙夜难释。反正銮舆，群情方自归一。（众共泣介）（合）凄恻，无君久切人痛愤,愿早把圣颜重识。(外)前营将官过来。(净)有。(外)你将这令箭一枝,带领龙虎军士五千,备齐法驾,赍我表文,前往灵武,奉迎今上皇帝告庙。并候圣旨,遣官前往城都,迎请上皇回銮。(净接令箭介)领钧旨。(外)左右看香案过来,就此拜发表文。(杂应、设香案,丑扮礼生上赞礼,外同四将拜表介)(合)**就军前瞻天仰圣,共尊明辟。**

(丑下)(净捧表文介)(四将)小将等就此前去。

(合)削平妖孽在斯须,　方　干
(外)依旧山河捧帝居。　皮日休
(合)听取满城歌舞曲,　杜　牧
(外)风云长为护储胥。　李商隐

第三十六出　看　袜

【商调过曲】【吴小四】(老旦扮酒家妪上)驿坡头,门巷幽,拾得娘娘锦袜收。开着店儿重卖酒,往来客人尽见投。聊度日,不用愁。

老身王嬷嬷,一向在这马嵬坡下,开个冷酒铺儿度日。自从安禄山作乱,人户奔逃。那时老身躲入驿内佛堂,只见梨树之下有锦袜一只,是杨娘娘遗下的。老身收藏到今,谁想是件至宝。如今郭元帅破贼收京,太平重见,老身仍旧开张酒铺在此。但是远近人家,闻得有锦袜的,都来铺中饮酒,兼求看袜。酒钱之外,另有看钱,生意十分热闹。(笑介)也算是老身交运了。今早铺设下店儿,想必有人来也。(虚下)(小生巾、服行上)

【中吕过曲】【驻马听】翠辇西临,古驿千秋遗恨深。叹红颜断送,一似青冢荒凉,紫玉销沉。小生李暮,向因兵戈阻路,不能出京。如今渐喜太平,闻得马嵬坡下王嬷嬷酒店中,藏有贵妃锦袜一只,因此前往借观。呀,那边一个道姑来了。(丑扮道姑上)满目沧桑都换泪,空留锦袜与人看。(见介)(小生)姑姑何来?(丑)贫道乃金陵女贞观主,来京请《藏》,兵阻未归。今闻王嬷嬷店中,有杨娘娘锦袜,特来求看。(小生)原来也是看袜的,就请同行。(同行介)(合)玉人一去杳难寻,伤心野店留残锦。且买酒徐斟,暂时把玩端详审。

(小生)此间已是,不免径入。(同作进介)(老旦迎上)里面请坐。(小生、丑作坐介)(外上)老汉郭从谨,喜得兵戈宁息,要往华山进香。经过这马嵬坡下,走的乏了。有座酒店在此,且吃三杯前去。(进介)店主人取酒来。(老旦)有酒。(外与小生、丑见介)请了。(小生向老旦介)王嬷嬷,我等到此,一则饮酒,二则闻有太真娘娘的锦袜,要借一观。(老旦笑介)锦袜果有一只。只是老身呵,

【前腔】宝护深深,什袭收藏直至今。要使他香痕不减,粉泽常留,尘涴无侵。果然堪爱又堪钦,行人欲见争投饮。客官,只要不惜囊金,愿与君把玩端详审。

(小生)这个自然。我每酒钱之外,另有青蚨便了。(老旦)如此待老身去取来。(虚下)(持袜上)玉趾罢穿还带腻,罗

巾深裹便闻香。客官，锦袜在此。请看。（小生作接，展开同丑看介）呀，你看锦文缜致，制度精工。光艳犹存，异香未散。真非人间之物也。（丑）果然好香！（外作饮酒不顾介）（小生作持袜起，看介）

【驻云飞】你看薄衬香绵，似一朵仙云轻又软。昔在黄金殿，小步无人见。怜今日酒垆边，等闲携展。只见线迹针痕，都砌就伤心怨。可惜了绝代佳人绝代冤，空留得千古芳踪千古传。

（外作恼介）唉，官人，看他则甚！我想天宝皇帝，只为宠爱了贵妃娘娘，朝欢暮乐，弄坏朝纲。致使干戈四起，生民涂炭。老汉残年向尽，遭此乱离。今日见了这锦袜，好不痛恨也。

【前腔】想当日一捻新裁，紧贴红莲着地开，六幅湘裙盖，行动君先爱。唉，乐极惹非灾，万民遭害。今日里事去人亡，一物空留在。我蓦睹香袦重痛哀，回想颠危还泪揩。

（老旦）呀，这客官见了锦袜，为何着恼？敢是不肯出看钱么！（外）什么看钱？（老旦）原来是个村老儿，看钱也不晓得。（小生）些须小事，不必斗口。（向丑介）姑姑也请细观。（向老旦介）待小生一并送钱便了。（递袜介）（丑接起看介）

186 长生殿

唉，我想太真娘娘，绝代红颜，风流顿歇。今日此袜虽存，佳人难再。真可叹也。

【前腔】你看琐翠钩红，叶子花儿犹自工。不见双跌莹，一只留孤凤。空流落，恨何穷。马嵬残梦，倾国倾城，幻影成何用。莫对残丝忆旧踪，须信繁华逐晓风。

（递袜与老旦介）嬷嬷，我想太真娘娘，原是神仙转世。欲求喜舍此袜，带到金陵女贞观中，供养仙真。未知许否？（老旦笑介）老身无儿无女，下半世的过活都在这袜儿上。实难从命。（小生）小生愿出重价买去。如何？（外）这样遗臭之物，要他何用！（老旦）老身也不卖的。（外作交钱介）拿酒钱去。（小生作交钱介）我每看袜的钱，一总在此。（老旦收介）多谢了。

（老旦）一醉风光莫厌频，鲍 溶

（丑）几多珠翠落香尘。卢 纶

（小生）惟留坡畔弯环月，李 益

（外）郊外喧喧引看人。宋之问

第三十七出 尸 解

【正宫引子】【梁州令】(魂旦上)风前荡漾影难留,叹前路谁投!死生离别两悠悠,人不见,情未了,恨无休。

【如梦令】绝代风流已尽,薄命不须重恨。情字怎消磨?一点嵌牢方寸。闲趁,闲趁,残月晓风谁问!我杨玉环鬼魂,自蒙土地给与路引,任我随风来往。且喜天不收,地不管,无拘无系,煞甚逍遥。只是再寻不到皇上跟前,重逢一面。(悲介)好不悲伤!今日且顺着风儿,看到那一处也。(行介)

【正宫过曲】【雁鱼锦】【雁过声全】悄魂灵御风似梦游,路沉沉不辨昏和昼。经野树片时权栖宿,猛听冷烟中鸟啾啾,唬得咱早难自停留。青磷荒草浮,倩他照着我向前冥冥走。是何处?殿角几重云影覆。

(看介)呀,原来就是西宫门首了。不免进去一看。(作欲进,二门神黑白面、金甲执鞭、简上,立高处介)生前英勇安天下,死后威灵护殿门。(举鞭、筒拦旦介)何方女鬼,不得擅入。(旦出路引介)奴家杨玉环,有路引在此。(门神)原来是杨娘娘。目今禄山被刺,庆绪奔逃,郭元帅扫清宫禁。只太上皇远在蜀中,新天子尚留灵武。因此大内寂无一人,宫门尽扃锁钥。娘娘请自进去,吾神回避。(下)(旦作进介)你看宫花都是断肠枝,帘幕无人窣地垂。行到画屏回合处,分明钗盒奉恩时。(泪介)(场上先设宫中旧床帷、器物介)

【二犯渔家傲】【雁过声换头】踌躇,往日风流。【渔家傲】(作坐床介)记盒钗初赐,种下这恩深厚。痴情共守,(起介)【普天乐】又谁知惨祸分离骤!唉,你看沉香亭、华萼楼都这般荒凉冷落也。(作登楼介)并没有人登画楼,并没有花开并头,【雁过声】并没有奏新讴,端的有、荒凉满目生愁!凄然,不由人泪流!呀,这里是长生殿了。我想起来,(泪介)(场上先设长生殿乞巧香案介)这壁厢是咱那日陈瓜果夜香来乞巧,那壁厢是他恁时向牛女凭肩私拜求。

(哭介)我那皇上呵,怎能勾霎时一见也!方才门神说,上皇犹在蜀中。不免闪出宫门,到渭桥之上,一望西川则个。(行介)

【二犯倾杯序】【雁过声换头】凝眸,一片清秋,(登桥介)

【渔家傲】望不见寒云远树峨眉秀。【倾杯序】苦忆蒙尘,影孤体倦。病马严霜,万里桥头,知他健否!纵然无恙,料也为咱消瘦。待我飞将过去。(作飞,被风吹转介)(哭介)哎哟,天呵!【雁过声】我只道轻魂弱魄飞能去,又谁知千水万山途转修。

(作看介)呀,你看佛堂虚掩,梨树欹斜。怎么被风一吹,仍在马嵬驿内了!(场上先设佛堂梨树介)

【喜渔灯犯】【喜渔灯】驿垣夜冷,一灯微漏。【山渔灯】佛堂外阴风四起。看月暗空厩,【朱奴儿】猛伤心泪垂。【玉芙蓉】对着这一株靠檐梨树幽,(坐地泣介)【渔家傲】这是我断香零玉沉埋处。好结果一场厮耨,空落得薄命名留。【雁过声】当日个红颜艳冶千金笑,今日里白骨抛残土半丘。

我想生受深恩,死亦何悔。只是一段情缘,未能终始。此心耿耿,万劫难忘耳。

【锦缠道犯】【锦缠道】漫回首,梦中缘花飞水流,只一点故情留。似春蚕到死,尚把丝抽。剑门关离宫自愁,马嵬坡夜台空守,想一样恨悠悠。【雁过声】几时得金钗钿盒完前好,七夕盟香续断头!

（副净上）天边传敕使，泉下报幽魂。（见介）贵妃，有天孙娘娘赍捧玉旨到来，须索准备迎接。吾神先去也。（旦）多谢尊神。（分下）（杂扮四仙女，执水盂、幡节引贴捧敕上）

【南吕引子】【生查子】 玉敕降天庭，鸾鹤飞前后。只为有情真，召取还蓬岫。

（副净上，跪接介）马嵬坡土地迎接娘娘。（贴）土地，杨妃魂灵何在？速召前来，听宣玉敕。（副净）领法旨。（下）（引旦去魂帕上，跪介）（贴宣敕介）玉旨已到，跪听宣读。玉帝敕曰：咨尔玉环杨氏，原系太真玉妃，偶因微过，暂谪人间。不合迷恋尘缘，致遭劫难。今据天孙奏尔吁天悔过，凤业已消，真情可悯。准授太阴炼形之术，复籍仙班，仍居蓬莱仙院。钦哉谢恩。（旦叩头介）圣寿无疆。（见贴介）天孙娘娘叩首。（贴）太真请起。前天宝十载七夕，我正渡河之际，见你与唐天子在长生殿上，密誓情深。昨又闻马嵬土地诉你悔过真诚，因而奏闻上帝，有此玉音。（旦）多谢娘娘提拔。（贴取水盂付副净介）此乃玉液金浆。你可将去，同玉妃到坟前，沃彼原身，即得炼形度地，尸解上升了。炼毕之时，即备音乐、幡幢，送归蓬莱仙院。我先缴玉敕去也。（副净）领法旨。（贴）驾回双凤阙，云拥七襄衣。（引仙女下）（副净）玉妃恭喜，就请回到冢上去。（副净捧水盂，引旦行介）

【南吕过曲】【香柳娘】往郊西道北,往郊西道北,只见一拳培塿,(副净)到了。(旦作悲介)这便是我前生宿艳藏香薮。(副净)小神向奉西岳帝君敕旨,将仙体保护在此。待我去扶将出来。(作向古门扶杂,照旦妆饰,扮旦尸锦褥包裹上)(副净解去锦褥,扶尸立介)(旦见作惊介)看原身宛然,看原身宛然,紧紧合双眸,无言闭檀口。(副净将水沃尸介)把金浆点透,把金浆点透,神光面浮,(尸作开眼介)(旦)秋波忽溜。

(尸作手足动,立起向旦走一二步介)(旦惊介)呀,

【前腔】果霎时再活,果霎时再活,向前移走,觑形模与我无妍丑。(作迟疑介)且住,这个杨玉环已活,我这杨玉环却归何处去?(尸作忽走向旦,旦作呆状与尸对立介)(副净拍手高叫介)玉妃休迷,他就是你,你就是他。(指尸向旦介)这躯壳是伊,(指旦向尸介)这魂魄是伊,真性假骷髅,当前自分剖。(尸逐旦绕场急奔一转,旦扑尸身作跌倒,尸隐下)(副净)看元神入彀,看元神入彀,似灵胎再投,双环合凑。

【前腔】(旦作起,立定徐唱介)乍沉沉梦醒,乍沉沉梦醒,故吾失久,形神忽地重圆就。猛回思惘然,猛回思惘然,现在自庄周,蝴蝶复何有。我杨玉环,不意今日冷骨重生,离魂再

合。真谢天也！**似亡家客游，似亡家客游，归来故丘，室庐依旧。**

  土地请上，待吾拜谢。（副净）小神不敢。（旦拜，副净答拜介）

【**前腔**】（旦）谢经年护持，谢经年护持，保全枯朽，更断魂落魄蒙骈覆。（副净）音乐、幡幢已备，候送玉妃归院。（旦欲行又止介）且住，我如今尸解去了，日后皇上回銮，毕竟要来改葬。须留下一物在此，做个记验才好。土地，你可将我裹身的锦褥，依旧埋在冢中，不可损坏。（副净）领仙旨。（作取褥，褥飞下介）（副净看介）呀，奇哉，奇哉！那锦褥化作一片彩云，竟自腾空飞去了。（旦看介）哦，是了。方才炼形之时，那锦褥也沾着金浆，故此得了仙气。**化飞空彩云，化飞空彩云，也似学仙游，将何更留后。**我想金钗、钿盒，是要随身紧守的，此外并无他物。（想介）哦，也罢，我胸前有锦香囊一个，乃翠盘试舞之时，皇上所赐。不免解来留下便了。（作解香囊看介）**解香囊在手，解香囊在手，**（悲介）**他日君王见收，索强似人难重觏。**

  （将香囊付副净介）土地，你可将此香囊放在冢内。（副净接介）领仙旨。（虚下即上）启娘娘：香囊已放下了。（杂扮四仙女，音乐、幡幢上）（见旦介）蓬莱山太真院中仙姬叩见。

请娘娘更衣归院。(内作乐,旦作更仙衣介)(副净)小神候送。(旦)请回。(副净下,仙女、旦行介)

【单调风云会】【一江风】指瀛洲,云气空蒙覆,金碧开群岫。【驻云飞】咦,仙家岁月悠,与情同久。情到真时,万劫还难朽。牢把金钗钿盒收,直到蓬山顶上头。(从高处行下)(仙女随下)

销耗胸前结旧香, 张　祜
多情多感自难忘。 陆龟蒙
蓬山此去无多路, 李商隐
天上人间两渺茫。 曹　唐

第三十八出　弹　词

（末白须旧衣帽抱琵琶上）一从鼙鼓起渔阳，宫禁俄看蔓草荒。留得白头遗老在，谱将残恨说兴亡。老汉李龟年，昔为内苑伶工，供奉梨园。蒙万岁爷十分恩宠。自从朝元阁教演《霓裳》，曲成奏上，龙颜大悦。与贵妃娘娘，各赐缠头，不下数万。谁想禄山造反，破了长安。圣驾西巡，万民逃窜。俺每梨园部中，也都七零八落，各自奔逃。老汉来到江南地方，盘缠都使尽了。只得抱着这面琵琶，唱个曲儿糊口。今日乃青溪鹫峰寺大会。游人甚多，不免到彼卖唱。（叹科）哎，想起当日天上清歌，今日沿门鼓板，好不颓气人也。（行科）

【南吕】【一枝花】不堤防余年值乱离，逼拶得岐路遭穷败。受奔波风尘颜面黑，叹衰残霜雪鬓须白。今日个流落天涯，只留得琵琶在。揣羞脸上长街，又过短街。那里是高渐离击筑悲歌，倒做了伍子胥吹箫也那乞丐。

【梁州第七】想当日奏清歌趋承金殿，度新声供应瑶阶。说不尽九重天上恩如海：幸温泉骊山雪霁，泛仙舟兴庆莲开，玩婵娟华清宫殿，赏芳菲花萼楼台。正担承雨露深泽，蓦遭逢天地奇灾：剑门关尘蒙了凤辇鸾舆，马嵬坡血污了天姿国色。江南路哭杀了瘦骨穷骸。可哀落魄，只得把《霓裳》御谱沿门卖，有谁人喝声采！空对着六代园陵草树埋，满目兴衰。（虚下）

（小生巾服上）花动游人眼，春伤故国心。《霓裳》人去后，无复有知音。小生李謩，向在西京留滞，乱后方回。自从宫墙之外，偷按《霓裳》数叠，未能得其全谱。昨闻有一老者，抱着琵琶卖唱。人人都说手法不同，像个梨园旧人。今日鹫峰寺大会，想他必在那里。不免前去寻访一番。一路行来，你看游人好不盛也！（外巾服，副净衣帽，净长帽、帕子包首，扮山西客，携丑扮妓上）（外）闲步寻芳惜好春，（副净）且看胜会逐游人。（净）大姐，咱和你"及时行乐休空过"。（丑）客官，"好听琵琶一曲新"。（小生向副净科）老兄请了。动问这位大姐，说甚么"琵琶一曲新"？（副净）老兄不知，这里新到一个老者，弹得一手好琵琶。今日在鹫峰寺赶会，因此大家同去一听。（小生）小生正要去寻他，同行何如？（众）如此极好。（同行科）行行去去，去去行行，已到鹫峰寺了。就此进去。（同进科）（副净）那边一个圈子，四围板凳，想必是波。我每一齐捱进去，坐下听者。（众作坐科）（末

上见科）列位请了，想都是听曲的。请坐了，待在下唱来请教波。（众）正要领教。（末弹琵琶唱科）

【转调】【货郎儿】 唱不尽兴亡梦幻，弹不尽悲伤感叹，大古里凄凉满眼对江山。我只待拨繁弦传幽怨，翻别调写愁烦，慢慢的把天宝当年遗事弹。

（外）"天宝遗事"，好题目波。（净）大姐，他唱的是甚么曲儿，可就是咱家的西调么？（丑）也差不多儿。（小生）老丈，天宝年间遗事，一时那里唱得尽者。请先把杨贵妃娘娘，当时怎生进宫，唱来听波。（末弹唱科）

【二转】 想当初庆皇唐太平天下，访丽色把蛾眉选刷。有佳人生长在弘农杨氏家，深闺内端的玉无瑕。那君王一见了欢无那，把钿盒金钗亲纳，评跋做昭阳第一花。

（丑）那贵妃娘娘，怎生模样波？（净）可有咱家大姐这样标致么？（副净）且听唱出来者。（末弹唱科）

【三转】 那娘娘生得来仙姿佚貌，说不尽幽闲窈窕。真个是花输双颊柳输腰，比昭君增妍丽，较西子倍风标，似观音飞来海峤，恍嫦娥偷离碧霄。更春情韵饶，春酣态娇，春眠梦悄。纵有好丹青,那百样娉婷难画描。

(副净笑科)听这老翁说的杨娘娘标致,怎般活现,倒像是亲眼见的,敢则谎也。(净)只要唱得好听,管他谎不谎。那时皇帝怎么样看待他来,快唱下去者。(末弹唱科)

【四转】那君王看承得似明珠没两,镇日里高擎在掌。赛过那汉宫飞燕倚新妆,可正是玉楼中巢翡翠,金殿上锁着鸳鸯,宵假昼傍。直弄得个伶俐的官家颠不刺、憎不刺,撇不下心儿上。弛了朝纲,占了情场,百支支写不了风流帐。行厮并,坐厮当。双,赤紧的倚了御床,博得个月夜花朝同受享。

(净倒科)哎呀,好快活,听的咱似雪狮子向火哩。(丑扶科)怎么说?(净)化了。(众笑科)(小生)当日宫中有《霓裳羽衣》一曲,闻说出自御制,又说是贵妃娘娘所作,老丈可知其详?请唱与小生听咱。(末弹唱科)

【五转】当日呵,那娘娘在荷庭把宫商细按,谱新声将《霓裳》调翻。昼长时亲自教双鬟。舒素手,拍香檀,一字字都吐自朱唇皓齿间。恰便似一串骊珠声和韵闲,恰便似莺与燕弄关关,恰便似鸣泉花底流溪涧,恰便似明月下泠泠清梵,恰便似缑岭上鹤唳高寒,恰便似步虚仙珮夜珊珊。传集了梨园部、教坊班,向翠盘中高簇拥着个娘娘,引得那君王带笑看。

(小生)一派仙音,宛然在耳,好形容波。(外叹科)哎,只可惜当日天子宠爱了贵妃,朝欢暮乐,致使渔阳兵起。说起来令人痛心也!(小生)老丈,休只埋怨贵妃娘娘。当日只为误任边将,委政权奸,以致庙谟颠倒,四海动摇。若使姚、宋犹存,那见得有此。(外)这也说的是波。(末)嗨,若说起渔阳兵起一事,真是天翻地覆,惨目伤心。列位不嫌絮烦,待老汉再慢慢弹唱出来者。(众)愿闻。(末弹唱科)

【六转】恰正好呕呕哑哑《霓裳》歌舞,不堤防扑扑突突渔阳战鼓。划地里出出律律纷纷攘攘奏边书,急得个上上下下都无措。早则是喧喧嗾嗾、惊惊遽遽、仓仓卒卒、挨挨拶拶出延秋西路,銮舆后携着个娇娇滴滴贵妃同去。又只见密密匝匝的兵,恶恶狠狠的语,闹闹炒炒、轰轰剨剨四下喧呼,生逼散恩恩爱爱、疼疼热热帝王夫妇。霎时间画就了这一幅惨惨凄凄绝代佳人绝命图。

(外、副净同叹科)(小生泪科)哎,天生丽质,遭此惨毒。真可怜也!(净笑科)这是说唱,老兄怎么认真掉下泪来!

（丑）那贵妃娘娘，死后葬在何处？（末弹唱科）

【七转】破不剌马嵬驿舍，冷清清佛堂倒斜。一代红颜为君绝，千秋遗恨滴罗巾血。半棵树是薄命碑碣，一抔土是断肠墓穴。再无人过荒凉野，莽天涯谁吊梨花谢！可怜那抱幽怨的孤魂，只伴着呜咽咽的望帝悲声啼夜月。

（外）长安兵火之后，不知光景如何？（末）哎呀，列位，好端端一座锦绣长安，自被禄山破陷，光景十分不堪了。听我再弹波。（弹唱科）

【八转】自銮舆西巡蜀道，长安内兵戈肆扰。千官无复紫宸朝，把繁华顿消，顿消。六宫中朱户挂蟏蛸，御榻傍白日狐狸啸。叫鸱鸮也么哥，长蓬蒿也么哥。野鹿儿乱跑，苑柳宫花一半儿凋。有谁人去扫，去扫！玳瑁空梁燕泥儿抛，只留得缺月黄昏照。叹萧条也么哥，梁腥臊也么哥！染腥臊，玉砌空堆马粪高。

（净）呸，听了半日，饿得慌了。大姐，咱和你喝烧刀子，吃蒜包儿去。（做腰边解钱与末，同丑诨下）（外）天色将晚，我每也去罢。（送银科）酒资在此。（末）多谢了。（外）无端唱出兴亡恨，（副净）引得傍人也泪流。（同外下）（小

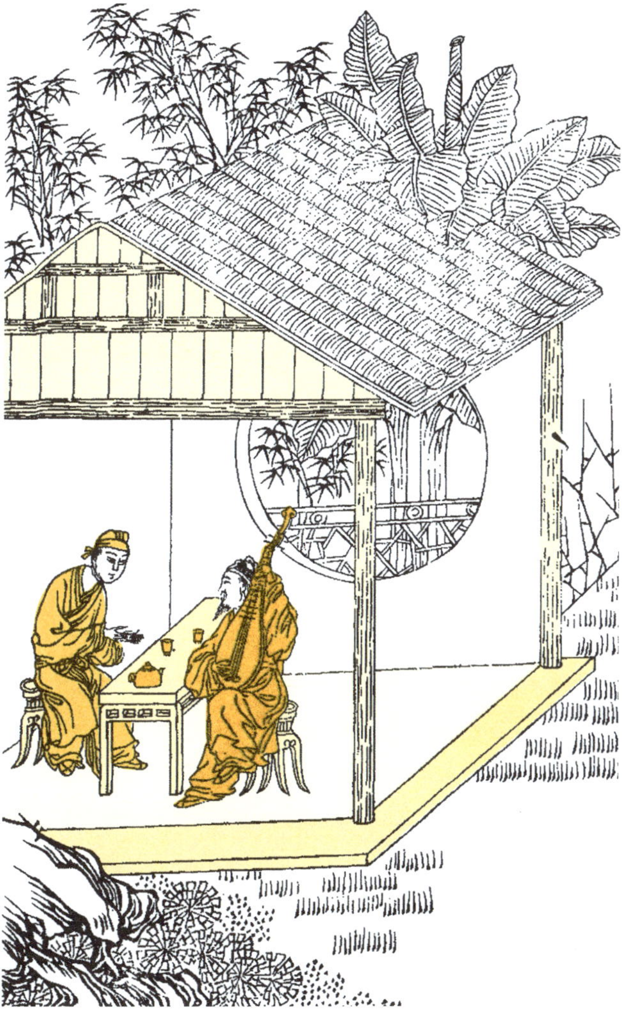

生)老丈,我听你这琵琶,非同凡手。得自何人传授?乞道其详。

【九转】(末)这琵琶曾供奉开元皇帝,重提起心伤泪滴。(小生)这等说起来,定是梨园部内人了。(末)我也曾在梨园籍上姓名题,亲向那沉香亭花里去承值,华清宫宴上去追随。(小生)莫不是贺老?(末)俺不是贺家的怀智。(小生)敢是黄幡绰?(末)黄幡绰同咱皆老辈。(小生)这等想必是雷海青?(末)我虽是弄琵琶,却不姓雷。他啊,骂逆贼,久已身死名垂。(小生)这等,想必是马仙期了。(末)我也不是擅场方响马仙期,那些旧相识都休话起。(小生)因何来到这里?(末)我只为家亡国破兵戈沸,因此上孤身流落在江南地。(小生)毕竟老丈是谁波?(末)您官人絮叨叨苦问俺为谁,则俺老伶工名唤做龟年身姓李。

(小生揖科)呀,原来却是李教师。失瞻了。(末)官人尊姓大名,为何知道老汉?(小生)小生姓李,名謩。(末)莫不是吹铁笛的李官人么?(小生)然也。(末)幸会,幸会。(揖科)(小生)请问老丈,那《霓裳》全谱可还记得波?(末)也还记得,官人为何问他?(小生)不瞒老大说,小生性好音律,向客西京。老丈在朝元阁演习《霓裳》之时,小生曾傍着宫墙,细细窃听。已将铁笛偷写数段。只是未得全谱,各处访求，无有知者。今日幸遇老丈，不识肯赐教否？（末）既遇知音，何惜末技。（小生）如此多感，请问尊寓何处？（末）穷途流落，尚乏居停。（小生）屈到舍下暂住，细细请教何如？（末）如此甚好。

[煞尾] 俺一似惊乌绕树向空枝外，谁承望做旧燕寻巢入画栋来。今日个知音喜遇知音在，这相逢异哉！恁相投快哉！李官人啊，待我慢慢的传与你这一曲《霓裳》播千载。

（末）桃蹊柳陌好经过，　张　籍
（小生）聊复回车访薜萝。　白居易
（末）今日知音一留听，　刘禹锡
（小生）江南无处不闻歌。　张　祜

第三十九出　私　祭

【南吕引子】【小女冠子】（老旦、贴道扮同上）（老旦）旧时云髻抛宫样，（贴）依古观共焚香。（合）叹夜来风雨催花葬，洗心好细翻经藏。

（老旦）寂寂云房掩竹扃，（贴）春泉漱玉响泠泠。（老旦）舞衣施尽余香在，（贴）日向花前学诵经。（老旦）吾乃天宝旧宫人永新是也。与念奴妹子，逃难出宫。直至金陵，在女贞观中做了女道士。且喜十分幽静，尽可修持。此间观主，昨自西京，购请《道藏》回来。今日天气晴和，着我二人检晒经函。且索细细翻阅则个。（场上先设经桌，老旦、贴同作翻介）

【双调过曲】【孝南枝】【孝顺歌】金函启，玉案张，临风细翻春昼长。只见尘影弄晴光，灵花满空降。（老旦）想当日在宫中，听娘娘教白鹦哥念诵《心经》。若是早能学道，倒也免了马嵬之难。(贴)那热闹之时,那个肯想到此。(老旦)便是昨日听得观主说,马嵬坡酒家拾得娘娘锦袜一只,还有游人出钱求看哩,何况生前!(合)枉了雪衣提唱。是色非空,谁观法相。【锁南枝】赢得锦袜香残,犹动行人想。(杂扮道姑捧茶上)玉经日下晒,香茗雨前烹。二位仙姑,检经困乏了,观主教我送茶在此。(老旦、贴)劳动了。(作饮茶介)(杂)阿呀,一片黑云起来,要下雨哩。(老旦、贴)快把经函收拾罢。(作收拾介)(杂)你看莺乱飞,草正芳,恰好应清明,雨漂荡。(下)

(场上收经桌介)(老旦)不是小道姑说起,倒忘了今日是清明佳节哩。此时家家扫墓,户户烧钱。妹子,我与你向受娘娘之恩,无从报答。就把一陌纸钱,一杯清茗,遥望长安哭奠一番。多少是好。(贴)姐姐,这是当得的,待我写个牌位儿供养。(作写位供介)(同拜哭介)娘娘呵,

【前腔】想着你恩难罄,恨怎忘,风流陡然没下场。那里是西子送吴亡,错冤做宗周为褒丧。(贴)呀,庭下牡丹,雨中开了一朵。此花最是娘娘所爱,不免折来供在位前。(合)名花无恙,倾国佳人先归黄壤。纵有麦饭香醪,浇不到孤坟上。(哭叫介)我那娘娘嗄,只落得望断眸,叫断肠,泪如泉,哭声放!(暗下)

【锁南枝】（末行上）江南路，偶踏芳，花间雨过沾客裳。老汉李龟年，幸遇李䂮官人，相留在家。今日清明佳节，出门闲步一回。却好撞着风雨。懊恨故国云迷，白首低难望。且喜一所道院在此，不免进去避雨片时。（作进介）松影闲，鹤唳长，且自暂徘徊石坛上。

你看座列群真，经藏万卷，好不庄严也。（作看牌念介）皇唐贵妃杨娘娘灵位。（哭介）哎哟，杨娘娘，不想这里颠倒有人供养！（拜介）

【前腔】【换头】一朝把身丧，千秋抱恨长。（老旦、贴一面上）那个啼哭？（作看惊介）这人好似李师父的模样，怎生到此？（末）恨杀六军跋扈，生逼得君后分离，奇变惊天壤。可怜小人李龟年，（老旦、贴）原来果是李师父，（末）不能勾逢令节，莫一觞，没揣的过仙宫，拜灵爽。

（老旦、贴出见介）李师父，弟子每稽首。（末）姑姑是谁？（作惊认介）呀，莫非永、念二娘子么？（老旦、贴）正是。（各泪介）（末）你两个几时到此？（老旦、贴）师父请坐。我每去年逃难南来，出家在此。师父因何也到这里？（末）我也因逃难，流落江南。前在鹫峰寺中，遇着李䂮官人，承他款留到家，不想又遇你二人。（老旦、贴）那个李䂮官人？（末）

说起也奇。当日我与你每,在朝元阁上演习《霓裳》。不想这李官人,就在宫墙外面窃听。把铁笛来偷记新声数段。如今要我传授全谱,故此相留。(老旦、贴悲介)唉,《霓裳》一曲倒得流传,不想制谱之人已归地下,连我每演曲的也都流落他乡。好伤感人也。(各悲介)(老旦、贴)

【供玉枝】【五供养】言之痛伤,记侍坐华清,同演《霓裳》。玉纤抄秘谱,檀口教新腔。【玉交枝】他今日青青墓头新草长,我飘飘陌路杨花荡。【五供养】(合)蓦地相逢处各沾裳,【月上海棠】白首红颜,对话兴亡。

(末)且喜天色晴霁,我告辞了。(老旦、贴)且自消停。请问师父,梨园旧人,都怎么样了?(末)贺老与我同行,途中病故;黄幡绰随驾去了;马仙期陷在城中,不知下落;只有雷海青骂贼而死。

【前腔】追思上皇,泽遍梨园,若个能偿!(泣介)那雷老啊,他忠魂昭白日,羞杀我遗老泣斜阳。(老旦、贴)师父,可晓得秦、虢二夫人都被乱兵杀死了?(末)便是。朱门丽人都可伤,长安曲水谁游赏。(合)蓦地相逢处,各沾裳。白首红颜,对话兴亡。

（老旦、贴）不知万岁爷，何日回銮？（末）李官人向在西京，近因郭元帅复了长安，兵戈宁息，方始得归。想上皇不日也就回銮了。（老旦、贴）如此，谢天地。（末）日晚途遥，就此去了。（老旦、贴）待与娘娘焚了纸钱，素斋少叙。

　　　　（末）南来今只一身存，韩　愈
（老旦、贴）新换霓裳月色裙。王　建
　　　　（末）人世几回伤往事，刘禹锡
（老旦、贴）落花时节又逢君。杜　甫

第四十出　仙　忆

【南吕引子】【挂真儿】（旦扮仙、老旦扮仙女随上）驾鹤骖鸾去不返，空回首天上人间。端正楼头，长生殿里，往事关情无限。

【浣溪纱】缥缈云深锁玉房，初归仙籍意茫茫。回头未免费思量。忽见瑶阶琪树里，彩鸾栖处影双双。几番抛却又牵肠。我杨玉环，幸蒙玉旨，复位仙班，仍居蓬莱山太真院中。只是定情之物，身不暂离；七夕之盟，心难相负。提起来好不话长也！

【高平过曲】【九回肠】【解三酲】没奈何一时分散，那其间多少相关。死和生割不断情肠绊，空堆积恨如山。他那里思牵旧缘愁不了，俺这里泪滴残魂血未干，空嗟叹。【三学士】不成比目先遭难，拆鸳鸯说甚仙班。（出钗盒看介）看了这金钗钿盒情犹在，早难道地久天长盟竟寒。【急三枪】何时得青鸾便,把缘重续,人重会,两下诉愁烦!

(贴上)试上蓬莱山顶望,海波清浅鹤飞来。自家寒簧,奉月主娘娘之命,与太真玉妃索取《霓裳》新谱。来此已是,不免径入。(进见介)玉妃稽首。(旦)仙子何来?(贴笑介)玉妃还认得我寒簧么?(旦想介)哦,莫非是月中仙子?(贴)然也。(旦)请坐了。(贴坐介)(旦)梦中一别,不觉数年。今日远临,乞道来意。(贴)玉妃听启:

【清商七犯】【簇御林】只为《霓裳》乐在广寒,羡灵心,将谱细翻。特奉月主娘娘之命,【莺啼序】访知音远叩蓬山,借当年图谱亲看。(旦)原来为此。当日幸从梦里获听仙音,虽摹入管弦,尚愧依稀错误。【高阳台】何烦,蟾宫谬把遗调拣,我寻思起转自潸潸。(泪介)(贴)呀,玉妃为何掉下泪来?(旦)【降黄龙】痛我历劫遭磨,宫冷商残,【二郎神】朱弦已断,羞将此调重弹。烦仙子转奏月主,说我尘凡旧谱,不堪应命。伏乞矜宥。(贴)玉妃休得固拒,我月主娘娘呵,慕你聪明绝世罕,【集贤宾】度新声,占断人间。求观恨晚,休辜负云中青盼。(旦)既蒙月主下访,前到仙山,偶然追忆,写出一本在此。(贴)如此甚好。(旦)侍儿,可去取来。(老旦应下,取上)谱在此。(旦接介)仙子,谱虽取到,只是还须誊写才好。(贴)为何?(旦)你看啊,

【黄莺儿】字阑珊,模糊断续,都染就泪痕斑。

（贴）这却不妨。（旦付谱介）如此，即烦呈上月主，说梦中窃记，音节多讹，还求改正。（贴）领命，就此告别。（贴持谱下）（旦）侍儿闭上洞门，随我进来。（老旦应介随旦下）

（贴）从初直到曲成时，　王　建
（旦）争得姮娥子细知。　唐彦谦
（贴）莫怪殷勤悲此曲，　刘禹锡
（旦）月中流艳与谁期。　李商隐

第四十一出　见　月

【仙吕入双调过曲】【双玉供】【玉胞肚】(杂扮四将、二内侍引生骑马,丑随行上)(合)重华迎待,促归程,把回銮仗排。离南京不听鹃啼,怕西京尚有鸿哀。【五供养】喜山河未改,复睹这皇图风采。(众百姓上跪接介)扶风百姓迎接老万岁爷。(生)生受你每,回去罢。(百姓叩头呼"万岁"下)(生众行介)【玉胞肚】纷纷父老竞拦街,叩首齐呼"万岁"来。

(丑)启万岁爷:天色已晚,请銮舆就在凤仪宫驻跸。(生下马介)众军士:外厢伺候。(军)领旨。(下)(生进介)高力士,此去马嵬,还有多少路?(丑)只有一百多里了。(生)前已传旨,令该地方官建造妃子新坟,你可星夜前往,催督工程,候朕到时改葬。(丑)领旨。暂辞凤仪去,先向马嵬行。(下)(内侍暗下)(生)西川出狩乍东归,驻跸离宫对夕晖。记得去年尝麦饭,一回追想一沾衣。寡人自幸蜀中,不觉一载有余。幸喜西京恢复,回到此间。你看离宫寥寂,暮景苍凉。好伤感人也!

【摊破金字令】黄昏近也,庭院凝微霭,清宵静也,钟漏沉虚籁。一个愁人有谁偢睬,已自难消难受,那堪墙外,又推将这轮明月来。寂寂照空阶,凄凄浸碧苔。独步增哀,双泪频揩,千思万量没布摆。

寡人对着这轮明月,想起妃子冷骨荒坟,愈觉伤心也!

【夜雨打梧桐】霜般白,雪样皑,照不到冷坟台。好伤怀,独向婵娟陪待。蓦地回思当日,与你偶尔离开,一时半刻也难打捱,何况是今朝永隔幽冥界。(泣介)我那妃子啊,当初与你钗、盒定情,岂料遂为殉葬之物。欢娱不再,只这盒钗,怎不向人间守,翻教地下埋。

(叹介)咳,妃子,妃子,想你生前音容如昨,教我怎生忘记也!

【摊破金字令】【换头】休说他娇嚬妍笑,风流不复偕,就是赪颜微怒,泪眼慵抬,便千金何处买。纵别有佳人,一般姿态,怎似伊情投意解,恰可人怀。思量到此呆打孩。我想妃子既殁,朕此一身虽生犹死,倘得死后重逢,可不强如独活。

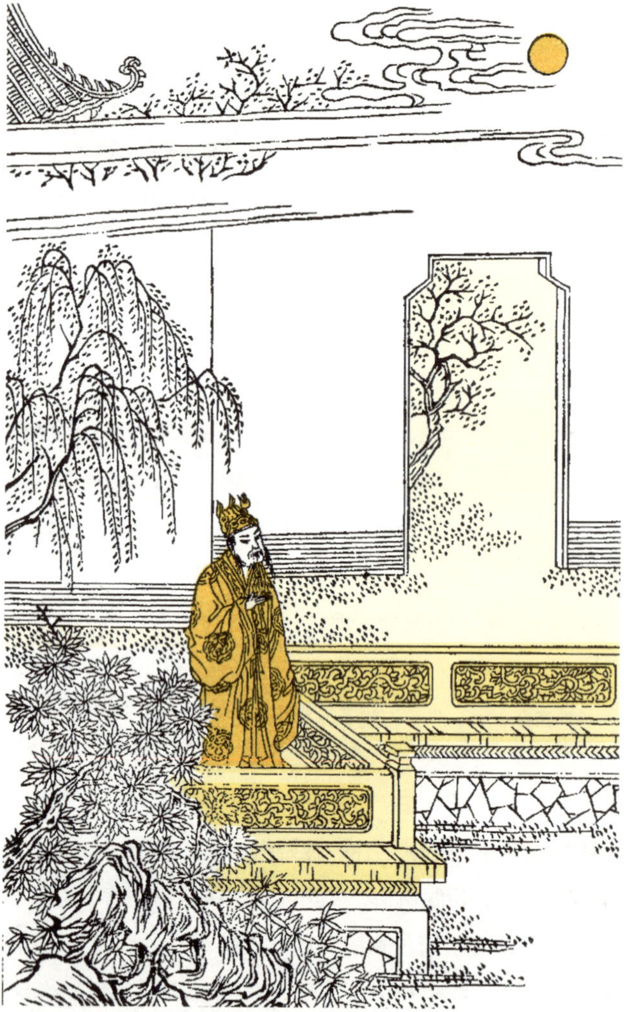

孤独愧形骸，余生死亦该。惟只愿速离尘埃，早赴泉台，和伊地中将连理栽。

记得当年七夕，与妃子同祝女牛，共成密誓。岂知今宵月下，单留朕一人在此也！

【夜雨打梧桐】长生殿，曾下阶，细语倚香腮。两情谐，愿结生生恩爱。谁想那夜双星同照，此夕孤月重来。时移境易人事改。月儿，月儿，我想密誓之时，你也一同听见的！记鹊桥河畔，也有你姮娥在，如何厮赖！索应该撺掇他牛和女，完成咱盒共钗。

（内侍上）夜色已深，请万岁爷进宫安息。

（生）银河漾漾月辉辉， 崔　橹

万乘凄凉蜀路归。 崔道融

香散艳消如一梦， 王　遵

离魂渐逐杜鹃飞。 韦　庄

第四十二出　驿　备

【越调过曲】【梨花儿】（副净扮驿丞上）我做驿丞没偏僪，缺供应付常吃打。今朝驾到不是耍，嗏，若有差迟便拿去杀。

自家马嵬驿丞，从小衙门办役。考了杂职行头，挖选马嵬大驿。虽然陆路冲繁，却喜津贴饶溢。送分例，落下些折头；造销算，开除些马匹。日支正项俸薪，还要月扣衙门工食。怕的是公吏承差，吓的是徒犯驿卒。求买免，设定常规；比月钱，百般威逼。及至摆站缺人，常把屁都急出。今更有大事临头，太上皇来此驻跸。连忙唤各色匠人，将驿舍周围收拾，又因改葬贵妃娘娘，重把坟茔建立。恐土工窥见玉体，要另选女工四百。报道高公公已到，催办工程紧急。若还误了些儿，（弹纱帽介）怕此头要短一尺。（末扮驿卒上）（见介）老爹，我已将各匠催齐，你放心，不须忧戚。（副净）还有女工呢？（末）现有四百女工，都在驿门齐集。（副净）快唤进来。（末唤介）女工每走动。（贴、净、杂扮村妇，丑短须扮，各携锹锄上）本是村庄妇，来充埋筑人。（见介）女工每叩头。（末）起来点名。（副净点介）周二妈。（净应）（副净）吴姥姥。（贴应）（副净）郑胖姑。（杂应）（副净）尤大姐。（丑掩口作娇声应介）（副净作细看介）咦，怎么这个女工掩着嘴答应，一定有些蹊跷。驿子与我看来。（末应扯丑手开看介）老爹，是个胡子。（副净）是男，是女？（丑）是女。（副净）女人的胡子，那里有生在嘴上的，我不信。驿子，再把他裤裆里搜一搜。（末应作搜丑，诨介）老爹，这胡子是假充女工的。（副净）哎呀，了不得，这是上用钦工，非同小可。亏得我老爹精细，若待皇帝看见，险些把我这颗头，断送在你胡子嘴上了。好打，好打。（丑）只因老爹这里催得紧，本村凑得三百九十九名，单单少了一名，故此权来充数，明日另换便了。（副净）也罢，快打出去！（末应，打丑下）（副净看众笑介）如今我老爹疑心起来，只怕连你每也不是女人哩。（众笑介）我每都是女人。（副净）口说无凭，我老爹只要用手来大家摸一摸，才信哩。（作捞摸，众作躲避走笑介）（净）笑你老爹好长手，（杂）刚刚摸着一个鬏髻帚。（副净）弄了一手白鲞香，（贴）拿去房中好下酒。（诨介）（老旦一面上）欲将锦袜献天子，权把铧锹充女工。老身王嬷嬷，自从拾得杨娘娘锦袜，过客争求一看，赚了许多钱钞。目今闻说老万岁爷回来，一则收藏禁物，恐有祸端；二则将此锦袜献上，或有重赏，也未可知。恰好驿中金报女工，要去撑上一名。葬完就好进献，来此已是驿前了。（末上见介）你这老婆子，那里来的？（老旦）来投充女工的。（末）住着。（进介）老爹，有一个投充女工的老婆子在外。（副净）唤进来。（末出，唤老旦进见介）（副净）你是投充女工的么？（老旦）正是。（副

（净）我看你年纪老了些，怕做不得工。只是现少一名，急切里没有人，就把你顶上罢。你叫甚名字？（老旦）叫做王嬷嬷。（副净）好，好！恰好周、吴、郑、王四人。你四人就做个工头，每一人管领女工九十九人。住在驿中操演，伺候驾到便了（众）晓得。（做各见诨介）（副净）你每各拿了锹锄，待我老爹亲自教演一番。（众应各拿锹锄，副净作教演势，众学介）

【亭前柳】（副净）锹锸手中拿，挖掘要如法。莫教侵玉体，仔细拨黄沙。（合）大家、演习须熟滑，此奉钦遵，切休得有争差。

（众）老爹，我每呵，

【前腔】田舍业桑麻，惯见弄泥沙。小心齐用力，怎敢告消乏。（合）大家、演习须熟滑，此奉钦遵，切休得有争差。

（副净）且到里边连夜操演去。（众应介）

玉颜虚掩马嵬尘，　高　骈

云雨虽亡日月新。　郑　畋

晓向平原陈祭礼，　方　干

共瞻銮驾重来巡。　僧广宣

第四十三出　改　葬

【商调引子】【忆秦娥】（生引二内侍上）伤心处，天旋日转回龙驭；回龙驭，踟蹰到此，不能归去。

寡人自蜀回銮，痛伤妃子仓卒捐生，未成礼葬。特传旨另备珠襦玉匣，改建坟茔，待朕亲临迁葬，因此驻跸马嵬驿中。（泪介）对着这佛堂梨树，好凄惨人也！

【商调过曲】【山坡羊】恨悠悠江山如故，痛生生游魂血污。冷清清佛堂半间，绿阴阴一本梨花树。空自吁，怕夜台人更苦。那里有珮环夜月归朱户，也漫想颜面春风识画图。（丑暗上见介）奴婢奉旨，筑造贵妃娘娘新坟，俱已齐备。请万岁爷亲临启墓。（生）传旨起驾。（丑）领旨。（传介）军士每，排驾。（杂扮军士上，引行介）马嵬坡下泥土中，不见玉容空死处。（到介）（丑）启万岁爷：这白杨树下，就是娘娘埋葬之处了。（生）你看蔓草春深，悲风日薄。妃子，妃子，兀的不痛杀寡人也。（哭介）号呼，叫声声魂在无?欷歔,哭哀哀泪渐枯。

(老旦、杂、贴、净四女工带锹上)(老旦)老万岁爷来了。我每快些前去,伺候开坟。(丑)你每都是女工么?(众应介)(丑启生介)女工每到齐了。(生)传旨,军士回避。高力士,你去监督女工,小心开掘。(丑应传介)(军士下)(众女工作掘介)(众)

【水红花】向高冈一谜下锹锄,认当初,白杨一树。怕香销翠冷伴虮蜉,粉肌枯,玉容难睹。(众惊介)掘下三尺,只有一个空穴,并不见娘娘玉体!早难道为云为雨,飞去影都无,但只有芳香四散袭人裾也啰。

(净)呀,是一个香囊。(丑)取来看。(净递囊,丑接看哭介)我那娘娘呵,你每且到那厢伺候去。(众应下)(丑启生介)启万岁爷,墓已启开,却是空穴。连裹身的锦褥和殉葬的金钗、钿盒都不见了。只有一个香囊在此。(生)有这等事!(接囊看大哭介)呀,这香囊乃当日妃子生辰,在长生殿上试舞《霓裳》,赐与他的。我那妃子呵,你如今却在何处也!

【山坡羊】惨凄凄一匡空墓,杳冥冥玉人何去?便做虚飘飘锦褥儿化尘,怎那硬撑撑钗盒也无寻处。空剩取,香囊犹在土,寻思不解缘何故,恨不得唤起山神责问渠。(想介)高力士,你敢记差了么?(丑)奴婢当日,曾削杨树半边,题字为记。

如何得差？（生）敢是被人发掘了？（丑）若经发掘，怎得留下香囊？（生呆想不语介）（丑）奴婢想来，自古神仙多有尸解之事。或者娘娘尸解仙去，也未可知。即如桥山陵寝，止葬黄帝衣冠。这香囊原是娘娘临终所佩，将来葬入新坟之内，也是一般了。（生）说的有理。高力士，就将这香囊裹以珠襦，盛以玉匣，依礼安葬便了。（丑）领旨。（生哭介）号呼，叫声声魂在无？歔欷，哭哀哀泪渐枯。

（丑持囊出介）（作盛囊入匣介）香囊盛放停当，女工每那里？（众上）（丑）你每把这玉匣，放在墓中，快些封起坟来。（众作筑坟介）

【水红花】当时花貌与香躯，化虚无，一抔空墓；今朝玉匣与珠襦，费工夫，重泉深锢。更立新碑一统，细把泪痕书。从今流恨满山隅也啰。

（丑）坟已封完，每人赏钱一贯。去罢。（众谢赏，叩头介）（净、贴、杂先下）（丑问老旦介）你这婆子，为何不去？（老旦）禀上公公：老妇人旧年在马嵬坡下，拾得杨娘娘锦袜一只，带来献上老万岁爷。（丑）待我与你启奏。（见生介）启万岁爷：有个女工，说拾得杨娘娘锦袜一只，带来献上。（生）快宣过来。（丑唤老旦进见介）婢子叩见老万岁爷。（献袜介）（生）取上来。（丑取送生介）（老旦起立介）（生看哭介）呀，果然是妃子的锦袜，你看芳香未散，莲印犹存。我那妃子啊，（哭介）

【山坡羊】俊弯弯一钩重睹,暗蒙蒙余香犹度。袅亭亭记当年翠盘,瘦尖尖稳逐红鸳舞。还忆取、深宵残醉余,梦酣春透勾人觑。今日里空伴香囊留恨俱。(哭介)号呼,叫声声魂在无?欷歔,哭哀哀泪渐枯。

高力士,赐他金钱五千贯,就着在此看守贵妃坟墓。(老旦叩头介)多谢老万岁爷。(起出看锄介)无心再学持锄女,有钞甘为守墓人。(下)(外引四军上)见辟乾坤新定位,看题日月更高悬。(见介)臣朔方节度使郭子仪,钦奉上命,带领卤簿,恭迎太上皇圣驾。(生)卿荡平逆寇,收复神京。宗庙重新,乾坤再造,真不世之功也。(外)臣忝为大帅,破贼已迟。负罪不遑,何功之有!(生)卿说那里话来!高力士,分付起行。(丑)领旨。(传介)(生更吉服介)(众引生行介)

【水红花】五云芝盖簇銮舆,返皇都,旌旗溢路。黄童白叟共相扶,尽欢呼,天颜重睹。从此新丰行乐,少帝奉兴居。千秋万载巩皇图也啰。

肠断将军改葬归, 徐　夤
下山回马尚迟迟。 杜　牧
经过此地千年恨, 刘　沧
空有香囊和泪滋。 郑　嵎

第四十四出　怂　合

【南吕引子】【阮郎归】（小生上）碧梧天上叶初飞，秋风又报期。云中遥望鹊桥齐，隔河影半迷。

岂是仙家好别离，故教迢递作佳期。只缘碧落银河畔，好在金风玉露时。吾乃牵牛是也。今当下界上元二年七月七夕，天孙将次渡河，因此先在河边伺候。记得天宝十载，吾与天孙相会之时，见唐天子与贵妃杨玉环，在长生殿上拜祷设誓，愿世世为夫妇。岂料转眼之间，把玉环生生断送，好不可怜人也。

【南吕过曲】【香遍满】佳人绝世，千秋第一冤祸奇。把无限绸缪轻抛弃，可怜非得已。死生无见期。空留万种悲，枉罚下多情誓。

【朝天懒】【朝天子】（贴引杂扮二仙女上）好会年年天上期，

不似尘缘浅,有变移。【水红花】见仙郎河畔独徘徊,把驾频催。(杂报介)天孙到。(小生迎介)天孙来了。(同织女对拜介)(合)【懒画眉】相逢一笑深深拜,隔岁离情各自知。

(小生)天孙,请同到斗牛宫去。(携贴行介)携手步云中,(贴)仙裙扬好风。(合)河明乌鹊渚,星聚斗牛宫。(到介)(杂暗下)(小生)天孙请坐。(坐介)

【二犯梧桐树】【金梧桐】琼花绕绣帷,霞锦摇珠珮。(贴合)斗府星宫,岁岁今宵会。【梧桐树】银河碧落神仙配,地久天长,岂但朝朝暮暮期。【五更转】愿教他人世上夫妻辈,都似我和伊,永远成双作对。

(小生)天孙,

【浣溪纱】你且慢提,人间世、有一处怎偏忘记。(贴)忘了何处?(小生)可记得长生殿里人一对,曾向我焚香密誓齐。(贴)此李三郎与杨玉环之事也,我怎不记得!(小生)天孙既然记得,须念彼、堕万古伤心地,他愿世世生生,忍教中路分离。

(贴)提记玉环之事,委实伤心。我前因马嵬土地之奏,

【刘泼帽】念他独抱情无际，死和生守定不移，含冤流落幽冥地。因此呵，为他奏玉墀，令再证蓬莱位。

（小生笑介）天孙虽则如此，只是他呵，

【秋夜月】做玉妃、不过群仙队，寡鹄孤鸾白云内，何如并翼鸳鸯美。念盟言在彼，与圆成仗你。

（贴）仙郎，我岂不欲为他重续断缘。只是李三郎呵，

【东瓯令】他情轻断，誓先隳，那玉环呵，一个钟情枉自痴。从来薄幸男儿辈，多负了佳人意。伯劳东去燕西飞，怎使做双栖！

（小生）天孙所言，李三郎自应知罪。但是当日马嵬之变呵，

【金莲子】国事危，君王有令也反抗逼，怎救的、佳人命摧。想今日也不知，怎生般悔恨与伤悲。

（贴）仙郎恁般说，李三郎罪有可原。他若果有悔心，再为证完前誓便了。（二杂上）启娘娘：天鸡将唱，请娘娘渡河。（贴）就此告辞。（小生）河边相送。（携手行介）

【尾声】没来由将他人情事闲评议,把这度良宵虚废。唉,李三郎、杨玉环,可知俺破一夜工夫都为着你!

云阶月地一相过, 杜　牧
争奈闲思往事何。白居易
一自仙娥归碧落, 刘　沧
千秋休恨马嵬坡。徐　黄

第四十五出　雨　梦

【越调引子】【霜天晓角】（生上）愁深梦杳，白发添多少。最苦佳人逝早，伤独夜，恨闲宵。

不堪闲夜雨声频，一念重泉一怆神。挑尽灯花眠不得，凄凉南内更何人。朕自幸蜀还京，退居南内，每日只是思想妃子。前在马嵬改葬，指望一睹遗容，不想变为空穴，只剩香囊一个。不知果然尸解，还是玉化香消？徒然展转寻思，怎得见他一面？今夜对着这一庭苦雨、半壁愁灯，好不凄凉人也！

【越调过曲】【小桃红】冷风掠雨战长宵，听点点都向那梧桐哨也。萧萧飒飒，一齐暗把乱愁敲，才住了又还飘。那堪是凤帏空，串烟销，人独坐，厮凑着孤灯照也，恨同听没个娇娆。（泪介）猛想着旧欢娱，止不住泪痕交。

（内打初更介）（小生内唱、生作听介）呀，何处歌声，凄凄入耳,得非梨园旧人乎?不免到帘前,凭阑一听。(作起立凭阑介)此张野狐之声也,且听他唱的是甚曲儿?(作一面听、一面欷歔掩泪介)(小生在场内立高处唱介)

【下山虎】万山蜀道,古栈岩峣。急雨催林杪,铎铃乱敲。似怨如愁,碎聒不了,响应空山魂暗消。一声儿忽慢袅,一声儿忽紧摇。无限伤心事,被他逗挑,写入清商传恨遥。

(内二鼓介)(生悲介)呀,原来是朕所制《雨淋铃》之曲。记昔朕在栈道,雨中闻铃声相应,痛念妃子,因采其声,制成此曲。今夜闻之,想起蜀道悲凄,愈加肠断也。

【五韵美】听淋铃,伤怀抱。凄凉万种新旧绕,把愁人禁虐得十分恼。天荒地老,这种恨谁人知道。你听窗外雨声越发大了。疏还密,低复高,才合眼,又几阵窗前把人梦搅。

(丑上)西宫南内多秋草,夜雨梧桐落叶时。(见介)夜已深了,请万岁爷安寝罢。(内三鼓介)(生)呀,漏鼓三交,且自隐几而卧。哎,今夜啊,知甚梦儿得到俺眼里来也!(仰哭介)

【南吕引子】【哭相思】悠悠生死别经年,魂魄不曾来入梦。

（睡介）（丑）万岁爷睡了，咱家也去歇息儿咱。（虚下）（小生、副净扮二内侍带剑上）幽情消未得，入梦感君王。（向上跪介）万岁爷，请醒来。（生作醒看介）你二人是那里来的？（小生、副净）奴婢奉杨娘娘之命，来请万岁爷。

【越调过曲】【五般宜】只为当日个乱军中祸殃惨遭，悄地向人丛里换妆隐逃，因此上流落久蓬飘。（生惊喜介）呀，原来杨娘娘不曾死，如今却在那里！（小生、副净）为陛下朝想暮想，恨萦愁绕，因此把驿庭静扫，（叩头介）望銮舆幸早。说要把牛女会深盟，和君王续未了。

（生泪介）朕为妃子百般思想，那晓得却在驿中。你二人快随朕前去，连夜迎回便了。（小生、副净）领旨。（引生行介）

【山麻稭】【换头】喜听说如花貌，犹兀自现在人间，当面堪邀。忙教、潜出了御苑内夹城复道，顾不得夜深人静，露凉风冷，月黑途遥。

（末上拦介）陛下久已安居南内，因何深夜微行，到那里去？（生惊介）

【蛮牌令】何处泼官僚，拦驾语哓哓？（末）臣乃陈元礼，陛下快请回宫。(生怒介)咳,陈元礼,你当日在马嵬驿中,暗激军士、逼死贵妃,罪不容诛。今日又待来犯驾么?君臣全不顾,辄敢肆狂骁。(末)陛下若不回宫,只怕六军又将生变。(生)咳,陈元礼,你欺朕无权柄,闲居退朝。只逞你有威风,卒悍兵骄。法难恕,罪怎饶。叫内侍,快把这乱臣贼子首级悬枭。

(小生、副净)领旨。(作拿末杀下,转介)启万岁爷:已到驿前了。请万岁爷进去。(暗下)(生进介)

[黑麻令]只见没多半空寮、废寮,冷清清临着这荒郊、远郊。内侍,娘娘在那里?(回顾介)呀,怎一个也不见了。单则听飒刺刺风摇、树摇,啾唧唧四壁寒蛩,絮一片愁苗怨苗。(哭介)哎哟,我那妃子呵,叫不出花娇月娇,料多应形消影消。(内鸣锣,生惊介)呀,好奇怪,一霎时连驿亭也都不见,倒来到曲江池上了。好一片大水也。不堤防断砌颓垣,翻做了惊涛沸涛。

(望介)你看大水中间,又涌出一个怪物。猪首龙身,舞爪张牙,奔突而来。好怕人也!(内鸣锣,扮猪龙项带铁索跳上扑生;生惊奔,赶至原处睡介)(二金甲神执锤上,击猪龙喝介)咳,孽畜,好无礼!怎又逃出到此,惊犯圣驾,还不快去。(作牵猪龙打下)(生作惊叫介)哎哟,唬杀我也。(丑急上、扶介)万岁爷,为何梦中大叫?(生作呆坐定神介)

高力士,外边什么响?(丑)是梧桐上的雨声?(内打四更介)(生)

[江神子][别体]我只道谁惊残梦飘,原来是乱雨萧萧,恨杀他枕边不肯相饶,声声点点到寒梢,只待把泼梧桐锯倒。

高力士,朕方才梦见两个内侍,说杨娘娘在马嵬驿中来请朕去。多应芳魂未散。朕想昔时汉武帝思念李夫人,有李少君为之召魂相见,今日岂无其人!你待天明,可即传旨,遍觅方士来与杨娘娘召魂。(丑)领旨。(内五鼓介)(生)

[尾声]纷纷泪点如珠掉,梧桐上雨声厮闹。只隔着一个窗儿直滴到晓。

半壁残灯闪闪明,　吴　融
雨中因想雨淋铃,　罗　隐
伤心一觉兴亡梦,　方豪居士
直欲裁书问杳冥。　魏　朴

第四十六出　觅　魂

（净扮道士，小生、贴扮道童执幡引上）临邛道士鸿都客，能以精诚致魂魄。为感君王展转思，便教遍处殷勤觅。贫道杨通幽是也。籍隶丹台，名登紫箓。呼风掣电，御气天门。摄鬼招魂，游神地府。只为太上皇帝思念杨妃，遍访异人召魂相见。俺因此应诏而来。太上皇十分欢喜，诏于东华门内，依科行法。已曾结就法坛，今晚登坛宣召。童儿，随我到坛上去来。（童捧剑、水同行科）（净）

【仙吕】【点绛唇】仔为他一点情缘，死生衔怨。思重见，凭着咱道力无边，特地把神通显。

（场上建高坛科）（小生、贴）已到坛了。（净）是好一座法坛也。

【混江龙】这坛本在虚空辟建，象涵太极法先天。无中有阴阳攒聚，有中无水火陶甄。（童）基址从何而立？（净）基址呵，遣五丁，差六甲，运戊己中央当下立。（童）用何工夫而成？（净）用工夫，养婴儿，调姹女，配乙庚金木刹那全。（童）坛上可有户牖？（净）户牖呵，对金鸡，朝玉兔，坎离卯酉。（童）方向呢？（净）方向呵，镇黄庭，通紫极，子午坤乾。（童）这坛可有多少大？（净）虽只是倚方隅，占基阶，坛场咫尺，却可也纳须弥，藏世界，道里由延。（道）原来包罗恁宽！（净）上包着一周天三百六十躔度，内星辰日月。（童）想那分统处量也不小。（净）中分统四大洲，亿万百千阎浮界，岳渎山川。（童）坛上谁听号令？（净）听号令，则那些无稽滞，司风、司火、司雷、司电。（童）谁供驱遣？（净）供驱遣，无非这有职掌，值时、值日、值月、值年。（童）绕坛有何景象？（净）半空中绕喓喓鸾吟凤啸，两壁厢列森森虎伏龙眠。端的是一尘不染，众妄都蠲。（童）若非吾师无边道力，安能建此无上法坛？（净）这全托赖着大唐朝君王分福，敢夸俺小鸿都道力精虔。（童）请吾师上坛去者。（内细乐，二童引净上坛科）（净）趁天风，随仙乐，双引着鸾旌高步斗。（内钟鼓科）（净）响金钟，鸣法鼓，恭擎象简迥朝元。（童献香料）请吾师拈香。（净拈香科）这香呵，不数他西天竺旃檀林青狮窟，根蟠鸳鹭，东洋海波斯国瑞龙脑，形似蚕蝉。结祥云，腾宝雾，直冲霄汉；透清微，萦碧落，普供真玄。第一炷，祝当今皇帝享无疆圣寿，保洪图社稷，巩国祚延绵。第二炷，愿疆场静，烽燧销，普天下各道、各州、各境里，民安盗息无征战；禾黍登、蚕桑茂，百姓每若老、若幼、若壮者，家封户给乐田园。第三炷，单只为死生分，情不灭，待凭这香头一点，温热了夜台魂；幽明隔，情难了，思情此香烟百转，吹现出春风面。（童献花介）散花。（净散花科）这花啊，不学他老瞿昙对迦叶糊涂笑拈，漫劳他诸天女访维摩撒漫飞旋。俺特地采蘅芜，踏穿阆苑，几度价寻怀梦摘遍琼田。显神奇，要将他残英再接相思树，施伎俩，管教他落花重放并头莲。（童献灯科）献灯。（净捧灯科）这灯呵，烂辉辉灵光常向千秋照，灿荧荧心灯只为一情传。抵多少衡遥石怀中秘授，还形烛帐里高燃。他则要续痴情，接上这残灯焰，俺可待点神灯，照彻那旧冤愆。（童献法盏科）请吾师咒水。（净捧水科）这水呵，曾游比目，曾泛双鸳。你漫道当日个如鱼也那得水，可知道到头来，水、米也没有半点交缠。数不尽情河爱海波终竭，似那等幻泡浮沤浪易掀。他只道曾经沧海难为水，怎如俺这一滴杨枝彻九泉。（童）供养已毕，请问吾师如何行法召魂咱？（净）你与我把招魂衣摄，遗照图悬，龙墀净扫，凤幄高褰。等到那二更以后，三鼓之前，眠猧不吠，宿鸟无喧，叶宁树杪，虫息阶沿，露明星黯，月漏风穿，潜潜隐隐，冉冉翩翩，看步珊珊是耶非一个佳人现，才折证人间幽恨，地下残缘。

（内奏法音科）（丑捧青词上）九天青鸟使，一幅紫鸾书。（进跪科）高力士奉太上皇之命，谨送青词到此。（童接词进上科）（净向丑拱科）中官且请坛外少候片时。（丑应下）（净）

【油葫芦】俺子见御笔青词写凤笺，漫从头仔细展。单子为死离生别那婵娟，牢守定真情一点无更变。待想他芳魂两下重相见，俺索召李夫人来帐中。煞强如西王母临殿前，稳情取汉刘郎遂却心头愿，向今宵同款款话因缘。

（动法器科）（净作法、焚符念科）此道符章，鹤骛鸾翔，功曹符使，速莅坛场。（杂扮符官骑马舞下，见科）仙师，有何法旨？（净付符科）有烦使者，将此符命，速召贵妃杨氏阴魂到坛者。（杂接符科）领法旨。（做上马绕场下）（净）

【天下乐】俺只见力士黄巾去召宣，扬也波鞭，不暂延。管教他闪阴风一灵儿勾向前，俺这里静悄悄坛上躬身等，他那里急煎煎宫中望眼穿，呀，怎多半日云头不见转？

为何此时还不到来，好疑惑也！

【那吒令】阔迢迢山前水前，望香魂渺然。黯沉沉星前月前，盼芳容杳然。冷清清阶前砌前，听灵踪悄然。不免再烧一道催符去者。(焚符科)**蠢朱符不住烧,歹剑诀空掐遍,枉念杀波没准的真言。**

(杂上见科)复仙师:小圣人间遍觅杨氏阴魂,无从召取。(净)符使且退。(杂)领法旨。(舞下)(净下坛科)童儿,请高公公相见者。(童向内请科)高公公有请。(丑上)玉漏听长短,芳魂问有无。(见科)仙师,杨娘娘可曾召到么?(净)方才符使到来,说娘娘无从召取。(丑)呀,如此怎生是好?(净)公公且去复旨,待贫道就在坛中,飞出元神,不论上天入地,好歹寻着娘娘。不出三日,定有消息回报。(丑)太上皇思念甚切,仙师是必用意者。且传方士语,去慰上皇情。(下)(内细乐,净更鹤氅科)童儿在坛小心伺候,俺自打坐出神去也。(童)领法旨。(内鸣钟、鼓各二十四声,净上坛端坐,叩齿作闭目出神科)(童)你看我师出神去了。不免放下云帏,坛下伺候则个。(作放坛上帐幔,净暗下)(童)坛上钟声静,天边云影闲。(同下)(末扮道士元神从坛后转行上)

[鹊踏枝]**瞑子里出真元,抵多少梦游仙。俺则待踏破虚空,去访婵娟。**贫道杨通幽,为许上皇寻觅杨妃魂魄,特出元神,到处遍求。如今先到那里去者。(思科)嗄,有了,**且慢自叫阊阖,轻干玉殿,索先去赴幽冥,大索黄泉。**

236　长生殿

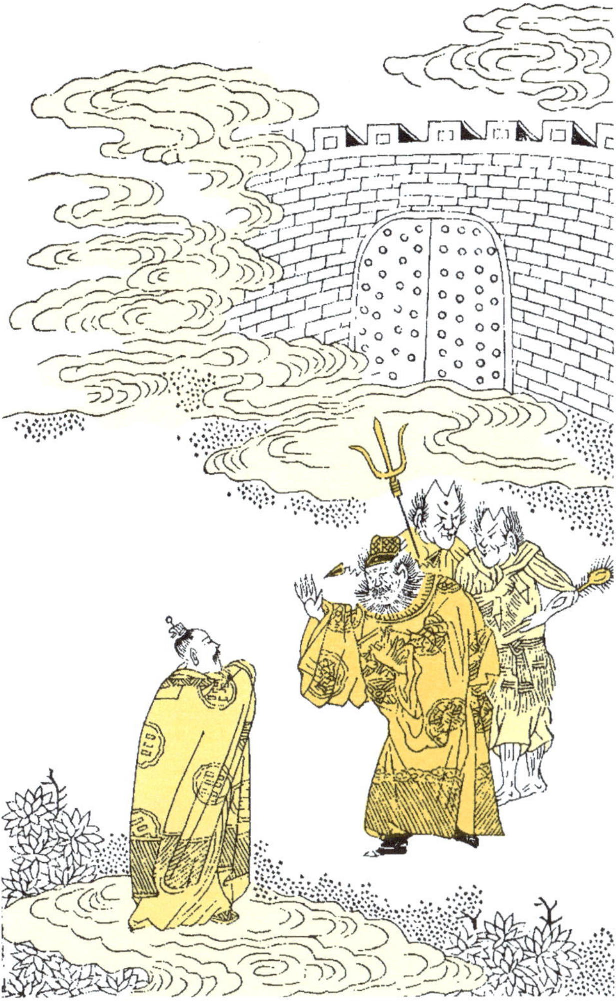

来此已是酆都城了。(向内科)森罗殿上,判官何在?(判官上,小鬼随上)善恶细分铁算子,古今不出大轮回。仙师何事降临?(末)贫道特来寻觅大唐贵妃杨玉环鬼魂。(判)凡是宫嫔妃后,地府另有文册。仙师请坐,且待呈簿查看。(末坐科)(鬼送册,判递册科)(末看科)

[寄生草] 这是一本宫嫔册,历朝妃后编。有一个屎弧箕服把周宗殄,有一个牝鸡野雉把刘宗煽,有一个蛾眉狐媚把唐宗变。好奇怪,看古今来椒房金屋尽标题,怎没有杨太真名字其中现。

地府既无,贫道去了。不免向天上寻觅一遭也。(虚下)(判跳舞下,鬼随下)(二仙女旌幢引贴朝服、执拂上)高引霓旌朝绛阙,缓移凤舄踏红云。吾乃天孙织女,因向玉宸朝见,来到天门。前面一个道士来了,看是谁也?(末上)

[幺篇] 拔足才离地,飞神直上天。(见贴科)原来是织女娘娘,小道杨通幽叩首。(贴)通幽免礼,到此何事?(末)小道奉大唐太上皇之命,寻访玉环杨氏之魂。适从地府求之不得,特来天上找寻。谁知天上亦无。因此一径出来,**若不是伴嫦娥共把蟾宫恋,多敢是趁双成同向瑶池现**。(贴)通幽,那玉环之魂,原不在地下,不在天上也。(末)呀,早难道逐梁清又受天曹谴,要寻那《霓

裳》善舞的俊杨妃，到做了留仙不住的乔飞燕。

（贴）通幽，杨妃既无觅处，你索自去复旨便了。（末）娘娘，复旨不难。不争小道呵，

【后庭花滚】没来由向金銮出大言，运元神排空如电转。一口气许了他上下里寻花貌，莽担承向虚无中觅丽娟。（贴）谁教你弄嘴来？（末）非是俺没干缠、自寻驱遣，单则为老君王钟情生死坚，旧盟不弃捐。（贴）马嵬坡下既已碎玉揉香，还讨甚情来？（末）娘娘，休屈了人也。想当日乱纷纷乘舆值播迁，翻滚滚羽林生闹喧，恶狠狠兵骄将又专，焰腾腾威行虐肆煽，闹炒炒不由天子宣，昏惨惨结成妃后冤。扑刺刺生分开交颈鸳，格支支轻挦扯并蒂莲，致使得娇怯怯游魂逐杜鹃。空落得哭哀哀悲啼咽楚猿，恨茫茫高和太华连，泪漫漫平将沧海填。（贴）如今死生久隔，岁月频更，只怕此情，也渐淡了。（末）那上皇呵，精诚积岁年，说不尽相思累万千。镇日家把娇容心坎镌，每日里将芳名口上编。听残铃剑阁悬，感衰梧秋雨传。暗伤心肺腑煎，漫销魂形影怜。对香囊呵惹恨绵，抱锦袜呵空泪涟，弄玉笛呵怀旧怨，拨琵琶呵忆断弦。坐凄凉，思乱缠，睡迷离，梦倒颠。一心儿痴不变，十分家病怎痊！痛娇花不再鲜，盼芳魂重至前。（贴）前夜

牛郎曾为李三郎辨白,今听他说来,果如此情真。煞亦可怜人也!
(末)小道呵,生怜他意中人缘未全,打动俺闲中客情漫牵。因此上不辞他往返蹎,甘将这辛苦肩。猛可把泉台踏的穿,早又将穹苍磨的圆。谁知他做长风吹断鸢,似晴曦散晓烟。莽桃源寻不出花一片,冷巫山找不着云半边。好教俺向空中难将袖手展,仚云头惟有睁目延。百忙里幻不出春风图画面,捏不就名花倾国妍。若不得红颜重出现,怎教俺黄冠独自还!娘娘呵,则问他那精灵何处也天?

(贴)通幽,你若必要见他,待我指一个所在,与你去寻访者。
(末稽首科)请问娘娘,玉环见在何处?

[青哥儿]谢娘娘与咱、与咱方便,把玉人消息、消息亲传,得多少花有根芽水有源。则他落在谁边,望赐明言。我便疾到跟前,不敢留连。(贴)通幽,你不闻世界之外,别有世界,山川之内,另有山川么?(末)听说道世外山川,另有周旋,只不知洞府何天,问渡何缘?(贴)那东极巨海之外,有一仙山,名曰蓬莱。你到那里,便有杨妃消息了。(末)多谢娘娘指引。枉了上下俄延,都做了北辙南辕。元来只隔着弱水三千,溟渤风烟,在那麟凤洲偏,蓬阆山颠。那里有蕙圃芝田,白鹿玄猿。琪树翩翩,瑶草芊芊。碧瓦雕榱,月馆云轩。楼阁

蜿蜒,门闼勾连。隔断尘喧,合住神仙。(贴)虽这般说,只怕那里绝天涯,跨海角,途路遥远,你去不得。(末)哎,娘娘,他那里情深无底更绵绵,谅着这蓬山路何为远。

(贴)既如此,你自前去咱。又闻人世无穷恨,待绾机丝补断缘。(引仙女下)(末)不免御着天风,到海外仙山,找寻一遭去也。(作御风行科)

【煞尾】稳踏着白云轻,巧趁取罡风便,把碗大沧溟跨展。回望齐州何处显,淡蒙蒙九点飞烟。说话之间,早来到海东边,万仞峰巅。这的是三岛十洲别洞天,俺只索绕清虚阆苑,到玲珑宫殿。是必破工夫找着那玉天仙。

与招魂魄上苍苍, 黄 滔
谁识蓬山不死乡? 赵 嘏
此去人寰知远近, 秦 系
五云遥指海中央。 韦 庄

第四十七出　补　恨

【正宫引子】【燕归梁】（贴扮织女上）怜取君王情意切，魂遍觅，费周折。好和蓬岛那人说，邀云珮，赴星阙。

前夕渡河之时，牛郎说起，杨玉环与李三郎长生殿中之誓，要我与彼重续前缘。今适在天门外，遇见人间道士杨通幽，说上皇思念贵妃，一意不衰，令他遍觅幽魂。此情实为可悯。已指引通幽到蓬山去了，又令侍儿召取太真到此，说与他知。再细探其衷曲，敢待来也。（仙女引旦上）

【锦堂春】闻说璇宫有命，云中忙驾香车。强驱愁绪来天上，怕眉黛恨难遮。

（仙女报旦进见介）娘娘在上，杨玉环叩见。（贴）太真免礼，请坐了。（旦坐介）适蒙娘娘呼唤，不知有何法旨？（贴）一向不曾问你，可把生前与唐天子两下恩情，细说一遍与我知道。(旦)娘娘听启：

【正宫过曲】【普天乐】叹生前，冤和业。(悲介)才提起，声先咽。单则为一点情根，种出那欢苗爱叶。他怜我慕，两下无分别。誓世世生生休抛撇，不堤防惨凄凄月坠花折，悄冥冥云收雨歇，恨茫茫只落得死断生绝。

【雁过声】【换头】(贴)听说、旧情那些。似荷丝劈开未绝，生前死后无休歇。万重深，万重结。你共他两边既恁疼热，况盟言曾共设。怎生他陡地心如铁，马嵬坡便忍将伊负也？

【倾杯序】【换头】(旦泪介)伤嗟，岂是他顿薄劣！想那日遭磨劫，兵刃纵横，社稷贴危，蒙难君王怎护臣妾？妾甘就死，死而无怨，与君何涉！(哭介)怎忘得定情钗盒那根节。

(出钗盒与贴看介)这金钗、钿盒，就是君王定情日所赐。妾被难之时，带在身边，携入蓬莱，朝夕佩玩，思量再续前缘。只不知可能够也？(贴)

【玉芙蓉】你初心誓不赊，旧物怀难撇。太真，我想你马嵬一事,是千秋惨痛,此恨独绝。谁道你不将殒骨留微憾,只思断头香再爇。蓬莱阙,化愁城万叠。(还旦钗盒介)只是你如今已证仙班,情缘宜断。若一念牵缠呵,怕无端又令从此堕尘劫。

(旦)念玉环呵,

【小桃红】位纵在神仙列,梦不离唐宫阙。千回万转情难灭。(起介)娘娘在上,倘得情丝再续,情愿谪下仙班。双飞若注鸳鸯牒,三生旧好缘重结。(跪介)又何惜人间再受罚折!

(贴扶介)太真,坐了。我久思为你重续前缘。只因马嵬之事,恨唐帝情薄负盟,难为作合。方才见道士杨通幽,说你遭难之后,唐帝痛念不衰。特令通幽升天入地,各处寻觅芳魂。我念他如此钟情,已指引通幽到蓬莱山了。还怕你不无遗憾,故此召问。今知两下真情,合是一对。我当上奏天庭,使你两人世居忉利天中,永远成双,以补从前离别之恨。

【大石】【催拍】那壁厢人间痛绝,这壁厢仙家念热:两下痴情恁奢,痴情恁奢。我把彼此精诚,上请天阙。补恨填愁,万古无缺。(旦背泪介)还只怕孽障周遮缘尚蹇,会犹赊。

244　长生殿

（转向贴介）多蒙娘娘怜念，只求与上皇一见，于愿足矣。（贴）也罢。闻得中秋之夕，月中奏你新谱《霓裳》，必然邀你。恰好此夕，正是唐帝飞升之候。你可回去，令通幽届期径引上皇，到月宫一见如何？（旦）只恐月宫之内，不便私会。（贴）不妨。待我先与姮娥说明。你等相见之时，我就奏请玉音到来，使你情缘永证便了。（旦）多谢娘娘，就此告辞。（贴）

【尾声】团圆等待中秋节，管教你情偿意惬。（旦）只我这万种伤心，见他时怎地说！

（旦）身前身后事茫茫，　天竺牧童
　　　却庆仙家日月长。　曹　唐
（贴）今日与君除万恨，　薛　能
　　　月宫琼树是仙乡。　薛　能

第四十八出　寄　情

【南吕过曲】【懒画眉】（末扮道士元神上）海外曾闻有仙山，山在虚无缥缈间。贫道杨通幽，适见织女娘娘，说杨妃在蓬莱山上。即便飞过海上诸山，一径到此。见参差宫殿彩云寒。前面洞门深闭，不免上前看来。（看介）试将银榜端详觑，（念介）"玉妃太真之院"。呀，是这里了。（做抽簪叩门介）不免抽取琼簪轻叩关。

【前腔】（贴扮仙女上）云海沉沉洞天寒，深锁云房鹤径闲。（末又叩介）（贴）谁来花下叩铜环？（开门介）是那个？（末见介）贫道杨通幽稽首。（贴）到此何事？（末）大唐太上皇帝，特遣贫道问候玉妃。（贴）娘娘到璇玑宫去了，请仙师少待。（末）原来如此，我且从容伫立瑶阶上。（贴）远远望见娘娘来了。（末）遥听仙风吹珮环。

【前腔】（旦引仙女上）归自云中步珊珊，闻有青鸾信远颁。（见末介）呀，果然仙客候重关。（贴迎介）（旦）道士何来？（贴）正要禀知娘娘，他是唐家天子人间使，衔命迢遥来此山。

（旦进介）既是上皇使者，快请相见。（仙女请末进介）（末见科）贫道杨通幽稽首。（旦）仙师请坐。（末坐介）（旦）请问仙师何来？（末）贫道奉上皇之命，特来问候娘娘。（旦）上皇安否？（末）上皇朝夕思念娘娘，因而成疾。

【宜春令】自回銮后，日夜思，镇昏朝潸潸泪滋。春风秋雨，无非即景伤心事。映芙蓉，人面俱非；对杨柳，新眉谁试。特地将他一点旧情，倩咱传示。（旦泪介）

【前腔】肠千断，泪万丝。谢君王钟情似兹。音容一别，仙山隔断违亲侍。蓬莱院月悴花憔，昭阳殿人非物是。漫自将咱一点旧情，倩伊回示。

（末）贫道领命。只求娘娘再将一物，寄去为信。（旦）也罢。当年承宠之时，上皇赐有金钗、钿盒，如今就分钗一股，劈盒一扇，烦仙师代奏上皇。只要两意能坚，自可前盟不负。（作分钗盒，泪介）侍儿，将这钗盒送与仙师。（贴递钗盒与末介）（旦）仙师请上，待妾拜烦。（末）不敢。（拜介）

第四十八出 寄情 247

248 长生殿

【三学士】旧物亲传全仗尔,深情略表孜孜。半边钿盒伤孤另,一股金钗寄远思。幸达上皇,只愿此心坚似始,终还有相见时。

(末)贫道还有一说,钗盒乃人间所有之物,献与上皇,恐未深信。须得当年一事,他人不知者,传去取验,才见贫道所言不谬。(旦)这也说得有理。(旦低头沉吟介)

【前腔】临别殷勤重寄词,词中无限情思。哦,有了。记得天宝十载,七月七夕长生殿,夜半无人私语时。那时上皇与妾并肩而立,因感牛女之事,密相誓心:愿世世生生,永为夫妇。(泣介)谁知道比翼分飞连理死,绵绵恨无尽止。

(末)有此一事,贫道可复上皇了。就此告辞。(旦)且住,还有一言。今年八月十五日夜,月中大会,奏演《霓裳》,恰好此夕,正是上皇飞升之候。我在那里专等一会,敢烦仙师,届期指引上皇到彼。失此机会,便永无再见之期了。(末)贫道领命。(旦)仙师,说我

含情凝睇谢君王, 白居易

尘梦何如鹤梦长。 曹 唐

(末)密奏君王知入月, 王 建

众仙同日咏霓裳。 李商隐

第四十九出　得　信

【仙吕引子】【醉落魄】（生病装，宫女扶上）相思透骨沉疴久，越添消瘦。蘅芜烧尽魂来否？望断仙音，一片晚云秋。

黯黯愁难释，绵绵病转成。哀蝉将落叶，一种为伤情。寡人梦想妃子，染成一病。因令方士杨通幽摄召芳魂，谁料无从寻觅。通幽又为我出神访求去了。唉，不知是方士妄言，还不知果能寻着？寡人转展萦怀，病体越重。已遣高力士到坛打听，还不见来。对着这一庭秋景，好生悬望人也！

【仙吕过曲】【二犯桂枝香】【桂枝香】叶枯红藕，条疏青柳。淅剌剌满处西风，都送与愁人消受。【四时花】悠悠、欲眠不眠欹枕头。非耶是耶睁望眸。问巫阳，浑未剖。【皂罗袍】活时难救，死时怎求？他生未就，此生顿休。【桂枝香】可怜他渺渺魂无觅，量我这恹恹病怎瘳。

【不是路】（丑持钗盒上）鹤转瀛洲，信物携将远寄投。忙回奏，（见生叩介）仙坛传语慰离忧。（生）高力士，你来了么？问音由，佳人果有佳音否？莫为我淹煎把浪语诌。（丑）万岁爷听启：那仙师呵，追寻久，遍黄泉、碧落俱无有。（生惊哭介）呀，这等说来，妃子永无再见之期了。兀的不痛杀寡人也！（丑）万岁爷，请休僝僽，请休僝僽。

那仙师呵，

【前腔】御气遨游，遇织女传知在海上洲。（生）可曾得见？（丑）蓬莱岫，见太真仙院榜高头。（生）元来妃子果然成仙了。可有什么说话？（丑）说来由，含情只谢君恩厚，下望尘寰两泪流。（生）果然有这等事？（丑）非虚谬，有当年钗盒亲分授，寄来呈奏。

（进钗盒介）这钿盒、金钗，就是娘娘临终时，付奴婢殉葬的。不想娘娘携到仙山去了。（生执钗盒大哭介）我那妃子嗄，

【长拍】钿盒分开，钿盒分开，金钗拆对，都似玉人别后。单形只影，两载寡侣，一般儿做成离愁。还忆付伊收，助晓妆云鬓，晚香罗袖。此际轻分远寄与，无限恨，个中留。见了怎生释手。枉自想同心再合，双股重俦。

且住。这钗盒乃人间之物,怎到得天上?前日墓中不见,朕正疑心,今日如何却在他手内?(丑)万岁爷休疑,那仙师早已虑及,向娘娘问得当年一件密事在此。(生)是那一事,你可说来。(丑)娘娘呵,

【短拍】把天宝年间,天宝年间,长生殿里,恨茫茫说起从头。七夕对牵牛,正夜半凭肩私咒。(生)此事果然有之。谁料钗分盒剖!(泣介)只今日呵,翻做了孤雁汉宫秋。

(丑)万岁爷,且省愁烦。娘娘还有话说。(生)还说甚么?(丑)娘娘说,今年中秋之夕,月宫奏演《霓裳》,娘娘也在那里。教仙师引着万岁爷,到月宫里相会。(生喜介)既有此话,你何不早说。如今是几时了?(丑)如今七月将尽,中秋之期只有半月了。请万岁爷将息龙体。(生)妃子既许重逢,我病体一些也没有了。

【尾声】广寒宫,容相就,十分愁病一时休。倒捱不过人间半月秋!

海外传书怪鹤迟, 卢　纶
词中有誓两心知。 白居易
更期十五团圆夜, 徐　黄
纵有清光知对谁。 戴叔伦

第五十出　重　圆

【双调引子】【谒金门】(净扮道士上)情一片，幻出人天姻眷。但使有情终不变，定能偿夙愿。

贫道杨通幽，前出元神在于蓬莱。蒙玉妃面嘱，中秋之夕引上皇到月宫相会。上皇原是孔升真人，今夜八月十五，数合飞升。此时黄昏以后，你看碧天如水，银汉无尘，正好引上皇前去。道犹未了，上皇出宫来也。(生上)

【仙吕入双调过曲】【忒忒令】碧澄澄云开远天，光皎皎月明瑶殿。(净见介)上皇，贫道稽首。(生)仙师少礼。今夜呵，只因你传信约蟾宫相见，急得我盼黄昏眼儿穿。这青霄际，全托赖引步展。

(净)夜色已深，就请同行。(行介)(净)明月在何许？挥手上青天。(生)不知天上宫阙，今夕是何年？(净)我欲乘风归去，只恐琼楼玉宇，高处不胜寒。(合)起舞弄清影，何似在人间。(生)仙师，天路迢遥，怎生飞渡?(净)上皇，不必忧心。待贫道将手中拂子，掷作仙桥，引到月宫便了。(掷拂子化桥下)(生)你看，一道仙桥从空现出。仙师忽然不见，只得独自上桥而行。

【嘉庆子】看彩虹一道随步显，直与银河霄汉连，香雾蒙蒙不辨。(内作乐介)听何处奏钧天，想近着桂丛边。(虚下)

【沉醉东风】(老旦引仙女，执扇随上)助秋光玉轮正圆，奏《霓裳》约开清宴。吾乃月主嫦娥是也。月中向有《霓裳》天乐一部，昔为唐皇贵妃杨太真于梦中闻得，遂谱出人间。其音反胜天上。近贵妃已证仙班。吾向蓬山觅取其谱，补入钧天。拟于今夕奏演。不想天孙怜彼情深，欲为重续良缘。要借我月府，与二人相会。太真已令道士杨通幽引唐皇今夜到此，真千秋一段佳话也。只为他情儿久，意儿坚，合天人重见。因此上感天孙为他方便。仙女每，候着太真到时，教他在桂阴下少待。等上皇到来见过，然后与我相会。(仙女)领旨。(合)桂华正妍，露华正鲜。撮成好会，在清虚府洞天。(老旦下)

(场上设月宫，仙女立宫门候介)(旦引仙女行上)

【井令】离却玉山仙院,行到彩蟾月殿,盼着紫宸人面。三生愿偿,今夕相逢胜昔年。

（到介）（仙女）玉妃请进。（旦进介）月主娘娘在那里？（仙女）娘娘分付,请玉妃少待。等上皇来见过,然后相会。请少坐。（旦坐介）（仙女立月宫傍候介）（生行上）

【品令】行行度桥,桥尽漫俄延。身如梦里,飘飘御风旋。清辉正显,入来翻不见。只见楼台隐隐,暗送天香扑面。（看介）"广寒清虚之府",呀,这不是月府么？早约定此地佳期,怎不见蓬莱别院仙！

（仙女迎介）来的莫非上皇么？（生）正是。（仙女）玉妃到此久矣,请进相见。（生）妃子那里？（旦）上皇那里？（生见旦哭介）我那妃子呵！（旦）我那上皇呵！（对抱哭介）（生）

【豆叶黄】乍相逢执手,痛咽难言。想当日玉折香摧,都只为时衰力软,累伊冤惨,尽咱罪愆。到今日满心惭愧,到今日满心惭愧,诉不出相思万万千千。

（旦）陛下,说那里话来！

【姐姐带五马】【好姐姐】是妾孽深命蹇,遭磨障,累君几不免。梨花玉殒,断魂随杜鹃。【五马江儿水】只为前盟未了,苦忆残缘,惟将旧盟痴抱坚。荷君王不弃,念切思专,碧落黄泉为奴寻遍。

(生)寡人回驾马嵬,将妃子改葬。谁知玉骨全无,只剩香囊一个。后来朝夕思想,特令方士遍觅芳魂。

【玉交枝】才到仙山寻见,与卿卿把衷肠代传。(出钗盒介)钗分一股盒一扇,又提起乞巧盟言。(旦出钗盒介)妾的钗盒也带在此。(合)同心钿盒今再联,双飞重对钗头燕。漫回思不胜黯然,再相看不禁泪涟。

(旦)幸荷天孙鉴怜,许令断缘重续。今夕之会,诚非偶然也。

【五供养】仙家美眷,比翼连枝,好合依然。天将离恨补,海把怨愁填。(生合)谢苍苍可怜,泼情肠翻新重建。添注个鸳鸯牒,紫霄边,千秋万古证奇缘。

(仙女)月主娘娘来也。(老旦上)白榆历历月中影,丹桂飘飘云外香。(生见介)月姊拜揖。(老旦)上皇稽首。(旦见介)娘娘稽首。(老旦)玉妃少礼,请坐了。(各坐介)(老旦)

上皇，玉妃，恭喜仙果重成，情缘永证。往事休提了。

【江儿水】只怕无情种，何愁有断缘。你两人呵，把别离生死同磨炼，打破情关开真面，前因后果随缘现。觉会合寻常犹浅，偏您相逢，在这团圆宫殿。

（仙女）玉旨降。（贴捧玉旨上）织成天上千丝巧，绾就人间百世缘。（生、旦跪介）（贴）玉帝敕谕唐皇李隆基、贵妃杨玉环：咨尔二人，本系元始孔升真人、蓬莱仙子。偶因小谴，暂住人间。今谪限已满，准天孙所奏，鉴尔情深，命居忉利天宫，永为夫妇。如敕奉行。（生、旦拜介）愿上帝圣寿无疆。（起介）（贴相见，坐介）（贴）上皇、太真，你两下心坚，情缘双证。如今已成天上夫妻，不比人世了。

【三月海棠】忉利天，看红尘碧海须臾变。永成双作对，总没牵缠。游衍，抹月批风随过遣，痴云腻雨无留恋。收拾钗和盒旧情缘，生生世世消前愿。

（老旦）群真既集，桂宴宜张。聊奉一觞，为上皇、玉妃称贺。看酒过来。（仙女捧酒上）酒到。（老旦送酒介）

【川拨棹】清虚殿，集群真，列绮筵。桂花中一对神仙，

桂花中一对神仙，占风流千秋万年。（合）会良宵，人并圆；照良宵，月也圆。

【前腔】【换头】（贴向旦介）羡你死抱痴情犹太坚，（向生介）笑你生守前盟几变迁。总空花幻影当前，总空花幻影当前，扫凡尘一齐上天。（合）会良宵，人并圆；照良宵，月也圆。

【前腔】【换头】（生、旦）敬谢嫦娥，把衷曲怜；敬谢天孙，把长恨填。历愁城苦海无边，历愁城苦海无边，猛回头痴情笑捐。（合）会良宵，人并圆；照良宵，月也圆。

【尾声】死生仙鬼都经遍，直作天宫并蒂莲，才证却长生殿里盟言。

（贴）今夕之会，原为玉妃新谱《霓裳》。天女每那里？（众天女各执乐器上）夜月歌残鸣凤曲，天风吹落步虚声。天女每稽首。（贴）把《霓裳羽衣》之曲，歌舞一番。（众舞介）

【高平调】【羽衣第三叠】【锦缠道】桂轮芳，按新声，分排舞行。仙珮互趋跄，趁天风，惟闻遥送叮当。【玉芙蓉】宛如龙起游千状，翩若鸾回色五章。霞裙荡，对琼丝袖张。

【四块玉】撒团团翠云,堆一溜秋光。【锦渔灯】袅亭亭,现缑岭笙边鹤氅;艳晶晶,会瑶池筵畔虹幢;香馥馥,蕊殿群姝散玉芳。【锦上花】呈独立,鹄步昂;偷低度,凤影藏。敛衣调扇恰相当,【一撮棹】一字一回翔。【普天乐】伴洛妃,凌波样;动巫娥,行云想。音和态,宛转悠扬。【舞霓裳】珊珊步蹑高霞唱,更泠泠节奏应宫商。【千秋岁】映红蕊,含风放;逐银汉,流云漾。不似人间赏,要铺莲慢踏,比燕轻扬。【麻婆子】步虚、步虚瑶台上,飞琼引兴狂。弄玉、弄玉秦台上,吹箫也自忙。凡情、仙意两参详。【滚绣球】把钧天换腔,巧翻成余弄儿盘旋未央。【红绣鞋】银蟾亮,玉漏长,千秋一曲舞《霓裳》。

(贴)妙哉此曲。真个擅绝千秋也。就借此乐,送孔升真人同玉妃,到忉利天宫去。(老旦)天女每,奏乐引导。(天女鼓乐引生、旦介)

【黄钟过曲】【永团圆】神仙本是多情种,蓬山远,有情通。情根历劫无生死,看到底终相共。尘缘侄傯,忉利有天情更永。不比凡间梦,悲欢和哄,恩与爱总成空。跳出痴迷洞,割断相思鞚;金枷脱,玉锁松。笑骑双飞凤,潇洒到天宫。

【尾声】旧《霓裳》,新翻弄。唱与知音心自懂,要使情留万古无穷。

谁令醉舞拂宾筵,　张　说
上界群仙待谪仙。　方　干
一曲霓裳听不尽,　吴　融
香风引到大罗天。　韦　绚
看修水殿号长生,　王　建
天路悠悠接上清。　曹　唐
从此玉皇须破例,　司空图
神仙有分不关情。　李商隐

第五十出 重圓

出 品 人：许　永
责任编辑：许宗华
特邀编辑：李子雪
封面设计：刘晓昕
内文制作：张晓琳
印制总监：蒋　波
发行总监：田峰峥

发　　行：北京创美汇品图书有限公司
发行热线：010-59799930
投稿信箱：cmsdbj@163.com